名人與

漢字故事

趙雪峰 ─主編─

成長需要智慧，有智慧才能戰勝人生中的挫折和坎坷，有智慧才能使人生更加精彩。智慧需要知識，沒有知識就沒有智慧。所以，成長中的每一個人都需要不斷地學習知識，用知識和智慧去戰勝挫折和磨難，去迎接坎坷和挑戰，去掌握人生和命運。

本套「青少年成長必讀益智文庫」叢書包括《中國四大名著》《中外寓言故事》《中外童話故事》《中外神話故事》《名人與成語典故》《名人與趣味詩詞故事》《名人與漢字故事》《偵探歷險故事》《中國歷史故事》《世界歷史故事》等，書中所選故事，不僅包含了孩子必讀的文學名著、字詞故事、詩詞故事、成語典故、神話故事、童話故事、寓言故事，還收集了外國一些經典的神話、寓言和偵探歷險故事。內容全面豐富，視野相當寬廣，寓意格外深遠，閱讀膾炙人口，設計生動有趣，能更好地吸引小讀者的興趣。

本冊書精選了一百個名人與漢字的故事。每一個故事都是那麼真摯、美好；每一個故事都是那麼益智、感人。一個故事就如一盞點亮未來的明燈，用小故事講述大道理，照亮小讀者的航程。願這些珍貴的小故事，為小讀者的生活增添新鮮的色彩，為小讀者的心靈增加無限的活力！

讀這些故事，讓小讀者們瞭解名人的虛心好學、孜孜以求的精神，瞭解名人為理想為目標不懈追求的人生經歷，瞭解名人為國家為民族勵志進

取的人生智慧。讀這些故事，開啟孩子的心智靈感，點撥孩子的處世之道，激蕩孩子生命的漣漪，啟發孩子更多的人生思考，將智慧的種子撒播在小讀者的心中。

在每一篇故事之後，為小讀者連結了「走近名人」、「知識小站」等等內容，這些連結以精鍊的文字道出了故事的深刻內涵，有助於小讀者對故事的閱讀、理解和吸收，更從中悟出事物深層的蘊涵與人生命運的真諦，讓小讀者閱讀一個故事，得到更多的收穫，同時還為小讀者準備了相應的猜字謎語，增加閱讀的趣味性。

一滴水可以折射太陽的光輝，一套好書更可以茁壯美好的心靈。這是一碗相伴孩子一生的心靈雞湯，這是一泉滋潤孩子智慧的甘霖，這是一艘帶領孩子在知識的海洋裏遨遊的帆船，這是一個撫慰孩子心靈的港灣。

願每個成長路上的小讀者朋友，都能夠在閱讀這些智慧故事的同時，感悟故事本身特有的光芒，汲取故事給我們的智慧和力量，從而更加堅定、勇敢、樂觀、積極地去迎接人生風雨。

小學時期是鮮花盛開的季節，稚嫩的心靈編織著純真的夢，精彩的一天就讓我們從手中的這本色彩繽紛的書開始吧！*

編者

2012 年 5 月

---

＊編按：本文為簡體版之前言。

目錄　C O N T E N T S

CONTENTS

# CONTENTS

# 一 「一字之師」篇

## 人物譜

**范仲淹**・北宋著名的政治家、思想家、軍事家和文學家。成年後在朝廷為官，他為政清廉，體恤民情，剛正不阿，力主改革，卻數度被貶。

**陶行知**・自小十分聰敏好學，少有大志，曾揮筆寫下了「我是一個中國人，應該為中國做出一些貢獻來」的豪言壯語。成年後投身革命，致力於改革中國的教育事業，成為著名的教育家。

**楊萬里**・南宋著名的詩人。其詩不堆砌典故，構思新巧，語言平易自然，自成風格。一生主張抗金，關心和同情勞動人民的疾苦。

# 鄭谷 「數」改「一」，詩文更精彩

　　五代的時候，有個叫齊己的詩人，他寫了一首題為〈早梅〉的詩。全詩如下：萬木凍欲折，孤根暖獨回。前村深雪裏，昨夜數枝開。風遞幽香去，禽窺素豔來。明年如應律，先發望春臺。齊己對這首詩很滿意，搖頭晃腦地讀了若干遍，又自我欣賞了好幾天。他聽說住在城裏的鄭谷很有才學，便帶上自己的幾首詩前去拜訪。那時，詩人們為了使自己的詩更好，相互之間經常在一起談論和修改自己的詩。

　　鄭谷盛聽說早有詩名的齊己來了，光著腳，趿拉著鞋子就趕緊迎了出去。兩人真是一見如故，繼而互相切磋起「詩技」來。當看到他的〈早梅〉詩中「前村深雪裏，昨夜數枝開」這一句時，鄭谷笑著說：「老兄給你提個建議，『數枝開』並不能說明早，不如改為『一枝開』，一枝開，別的都沒開，這才是真早啊。」齊己聽後覺得很有道理，更是對鄭谷欽佩不已，於是連連拜謝。

　　從此，人們就說鄭谷是齊己的「一字師」。

## ◑ 走近名人

　　鄭谷（約 851-910）唐朝末期著名詩人。字守愚，江西宜春市人。僖宗時進士，官都官郎中，人稱鄭都官。又以〈鷓鴣詩〉得名，人稱鄭鷓鴣。其詩多

寫景詠物之作，表現士大夫的閒情逸致。風格清新通俗，但流於淺率。曾與許裳、張喬等唱和往來，號「芳林十哲」。原有集，已散佚，存《雲臺編》。

## ◐ 猜猜字謎

一起統千軍（猜一字）（謎底見最後一頁）

## ◐ 知識小站

五代，「五代十國」，一般又簡稱「五代」。唐朝滅亡之後，在中原地區相繼出現了後樑、後唐、後晉、後漢和後周五個朝代以及割據於西蜀、江南、嶺南和河東等地的十幾個政權，合稱五代十國。「五代」更偏向於這五個位於中原的王朝，正統史學家們一般稱五代為中央王朝。五代並不是指一個朝代，而是指介於唐宋之間的一個特殊的歷史時期。

## 楊萬里 拜小吏為「一字之師」

有一天，南宋詩人楊萬里在府中與身邊的幾個小吏閒聊。楊萬里是何等人啊，詩名滿天下，文才無人不知，又是吏部員外郎，官職還很高。上至古下至今，什麼名人秩事，什麼市井故事，楊萬里一頓神侃。幾個小吏只能是點頭稱是地聽著。

談到晉朝時，楊萬里就說起晉朝有個文學家兼史學家于寶的一些事情，說于寶如何敢於堅持史實，不屈從於權貴。就在他說得興正濃時，旁邊有個小吏開始搖了搖頭，後來見楊萬里還是于寶于寶的，臉憋得通紅，鼓足了勇氣插話說：「大人，是干寶，不是于寶。」

楊萬里感到很奇怪，還有些不高興，便問他：「你怎麼知道叫干寶？」

小吏說：「我在書中看到的。」於是，小吏急忙找到韻書，遞給楊萬里看。果然，韻書裏「干」字下面清清楚楚地注明：「晉有干寶」。

楊萬里一見大喜，雙手抱拳做揖，非常感激地對這個小吏說：「你真是我的一字之師呀！」

### ◑ 走近名人

楊萬里，字亭秀，號誠齋，吉水（今江西）人，

南宋詩人。楊萬里的詩與尤袤、范成大、陸游齊名，人稱南宋四大家。其詩善為「楊誠齋體」，不堆砌典故，構思新巧，語言平易自然，自成風格，有《誠齋集》傳世。

## ◯ 猜猜字謎

半字寫下（猜一字）（謎底見最後一頁）

## ◯ 知識小站

南宋（1127-1279）是中國歷史上的一個朝代，是宋朝的後期。宋朝中期，金國進犯都城開封，把宋朝的宋徽宗、宋欽宗兩個皇帝等一干皇室成員全部俘虜到金國。而此時，宋徽宗第九子康王趙構，成為皇室中僥倖躲過這場劫難的唯一的人。在大臣們推舉下，康王趙構在南京（應天府，今河南省商丘市）登基，後遷都於臨安，恢復宋國號，史稱南宋，趙構便是後來的宋高宗。

# 屈大均
## 拜夫人為師

　　明末清初，著名學者屈大均變成清朝的臣民。他一直在和友人為反清復明而四處奔走，卻毫無效果。這年秋天，屈大均客居在滹沱河邊，一天早上起床，屈大均凝視窗外，看到秋風瑟瑟，落葉飄零，天邊飛過一隊大雁；滹沱河靜靜地流淌，不禁心潮翻湧，思念家鄉之情益發沉重了。回轉身，屈大均來到書桌前，寫下了這樣一首詩：

　　　　三年為客渡滹沱，靜聽胡笳出塞歌。
　　　　白髮不辭明鏡滿，秋霜只怨雁門多。

　　屈大均的夫人也出身於書香門第，用現在的話說，文化水準也很高。聽完屈大均的吟詠後，她沉思了一會兒，建議道：「你的詩寫得蘊藉宛轉，可與唐朝的一些詩人相媲美，但我覺得『靜聽胡笳』不夠貼切。」

　　屈大均聽了，忙問夫人：「如何說來？」

　　夫人說：「你想想，『靜聽胡笳』需要一種好心情，我們客居在外已經三年了，想念家鄉和親人們，想念舊國，我們哪裏還有心思在這裏靜聽音樂呢？」

　　屈大均一聽，恍然大悟：「唉呀，夫人你說得對呀！那怎麼改呢？」於是，屈大均和夫人一起改起這

一句，最後確定，把「靜聽」改為「聽盡」，「胡笳」改為「悲笳」。

夫人稱讚說：「我覺得這還不錯，『聽盡悲笳』，說出了我們的心裏話，將三年為客的思鄉之情都抒寫出來了！妙哉！妙哉！」

屈大均聽後忙給夫人鞠躬：「夫人就是我的老師呀！」

## ◎ 走近名人

屈大均（1630-1696）明末清初著名學者、詩人，與陳恭尹、梁佩蘭並稱「嶺南三大家」，有「廣東徐霞客」的美稱。字翁山、介子，號萊圃，廣東番禺人。一六四六年清軍陷廣州，次年，十八歲的屈大均參加其師陳邦彥以及陳子壯、張家玉等的反清鬥爭，同年失敗。逃往外地繼續從事反清活動。詩有李白、屈原的遺風，著作多毀於雍正、乾隆兩朝，後人輯有《翁山詩外》、《翁山文外》、《翁山易外》、《廣東新語》及《四朝成仁錄》，合稱「屈沱五書」。

## ◎ 猜猜字謎

古時候的月亮（猜一字）（謎底見最後一頁）

## ◎ 知識小站

胡笳，蒙古族的一種氣鳴樂器。流行於我國內蒙古及新疆的一些地區。古代秦漢時期，我們的祖先就發明了原始的胡笳，古人將蘆葦葉卷成雙簧片形狀或圓椎管形狀，首端壓扁為簧片，簧、管混成一體進行吹奏。隨著時代的發展，胡笳的形狀也在不斷變化，歷史上又出現了多種形制的

胡笳。今天的胡笳，管身是木製的，下面開有三個孔，演奏時，管身豎置，雙手持管，兩手食指、中指分別按放三個音孔。上端管口貼近下唇，吹氣發音。

# 李相
## 虛心向小吏學習

　　唐朝有個叫李相的官員，他十分好學，沒有公務可辦的時候，他經常在大堂上拿著書讀。

　　有一天，他又捧起《春秋》來讀。可是，他經常把《春秋》中的魯國大夫叔孫婼的「婼」字，誤讀為「吹」字音。他身邊的一個小吏，聽他又把這個字讀錯了，便表現出很不服氣的神情，但對自己的上司又不好明說，只好憋在心裏。

　　可李相特別喜歡讀這段。隔了幾天，李相又搖頭晃腦地讀了起來，當自己再讀完「孫婼」時，小吏的不服氣情緒被他覺察到了。李相覺得奇怪，心想：「這小子怎麼了？怎麼對我有意見呢？」於是，就問那個小吏：「我發現，我每次讀到這裏，你就流露出一股不服氣的情緒，這是為什麼呢？」

　　「不敢，不敢，我怎麼敢對大人您有不服氣的情緒呢！」小吏怕直說了上司會對自己不利，趕緊為自己開脫。可上司問了，不說又不行；再說，他已經為此事在心裏憋了很長時間一段時間，總想說，可總也沒機會，只是說出來心裏會痛快些。

　　可怎麼說呢？小吏靈機一動，計上心來。於是便婉轉地答道：「大人，過去我和先生學習《春秋》時，先生教我把『婼』字讀成『綽』字音，現在聽您讀

『姞』字為『吠』字音,才知道我以前讀得不對,所以對自己不滿意。」

李相一聽,知道可能是自己讀音有誤,忙說:「哦,那一定是我讀錯了!我是照著書上注文讀的,而你是有老師教過的,你肯定是對的。」於是,李相馬上和那個小吏一起找書核查,發現書上的注文果真不對。

李相心裏很是感動,連忙站起來,把小吏拉到在自己的座位上,然後走到大堂下,給小吏下拜,稱他為「一字之師」。

## ◐ 走近名人

李相,唐朝人,生卒年限不詳,曾在淮南做過將軍,又任過唐朝東都洛陽的留守。和中唐時期的重要詩人鮑溶關係密切,鮑溶曾寫過多首關於李相的的詩,如〈讀淮南李相行營至楚州詩〉、〈讀李相心中樂〉等。

## ◐ 猜猜字謎

柳眼半舒卿見否(猜一字)(謎底見最後一頁)

## ◐ 知識小站

本故事出自唐末五代王定保的《唐摭言》一書。「摭」,就是拾取、摘取的意思。這本書記述了大量唐代詩人文士的遺聞佚事。這本書帶有一定的考證性質,所載材料比較信實可靠。對於暸解、研究唐代的社會、教育、科舉、文學及人物,都有較大的參考價值。

## 薩都剌
## 因一字向無名老人表感激

　　有一次，元代詩人薩都剌年輕時寫了一聯詩：「地濕厭聞天竺雨，月明來聽景陽鐘。」寫完後，掛在自己家門前的路上。他在路上來來回回地走著，反覆吟讀，頗為得意。

　　正巧有個老人路過，老人看見這聯詩後，連連搖頭。薩都剌見老者對自己的詩不以為然，知道老人定有高論，便抱拳拱手，虛心地向老人說：「請老人家指教！」

　　老人說：「指教談不上，但我對你的用字有一點想法。這一聯詩，寫得的確不凡，摹景狀物，別有意境。但是，上聯已有一個『聞』字，下半聯又用一個『聽』字，字雖有異，卻皆隱『耳』意，你想一想，是不是犯了詩家大忌？」

　　薩都剌聽老者這樣一說，豁然大悟，忙問：「依老先生之見，改什麼字為好？」老人想了想，手捋鬍鬚，不慌不忙地答道：「唐人詩中不是有『林下老僧來看雨』的佳句嗎？不妨把其中的『看』字借來一用。」

　　薩都剌仔細品味：上半聯的「看」字隱含著一個「眼」意，下半聯的「聽」字隱含著一個「耳」意，不僅更符合詩的工整對仗，而且也更加顯得情景交

融，有聲有色。這一改果然更好。於是，忙提筆把「聞」雨改為「看」雨。改完後，薩都剌急忙上前給老者施禮：「多謝老先生『一字之師』啊！」

## ◐ 走近名人

薩都剌（約 1272-1355），元代詩人、畫家、書法家。字天錫，號直齋。雁門（今山西代縣）人。薩都剌在元代以至整個中國文學史中都是佔有一定地位的詩人。他的文學創作，以詩歌為主，一生給我們留下了將近八百首詩詞。詩作風格清婉，有描寫景物的山水詩，有抒寫宮廷生活的詩，有懷古也有傷今，也有寫民間疾苦，訴述個人和社會的不平。薩都剌還留有《嚴陵釣臺圖》和《梅雀》等畫，現珍藏於北京故宮博物院。

## ◐ 猜猜字謎

不張嘴問用耳聽（猜一字）（謎底見最後一頁）

## ◐ 知識小站

對聯，又稱楹聯、對偶、門對、春貼、春聯、對子、桃符等，是一種對偶文學，起源於桃符。一般寫在紙、布上或刻在竹子、木頭、柱子上的對偶語句言簡意深，對仗工整，平仄協調，是一字一音的中文語言獨特的藝術形式。對聯是利用漢字特徵撰寫的一種民族文體。一般不需要押韻（律詩中的對聯才需要押韻）。相傳，對聯起於五代後蜀主孟昶，它是中華民族的文化瑰寶。

# 蘇東坡自恃才高亂改詩

　　蘇東坡在朝廷為官時，有一天，去同朝為官的王安石的書房看他，恰好王安石不在，蘇東坡閒著沒事，就在書房裏等王安石。

　　同是文化人，蘇東坡不免對王安石書桌上的東西感興趣。見書桌上擺著沒寫完的兩句詩：「明月枝頭叫，黃狗臥花心。」他仔細瞧了又瞧，想了又想，開始搖起頭來，好生質疑：「明月怎能在枝頭叫呢？黃狗又怎麼會在花心上臥呢？這和現實生活相違背呀！這麼大的文學家怎麼還出現這樣的錯誤呢？」蘇東坡以為王安石的詩不妥，於是提筆將詩句改為：「明月枝頭掛，黃狗臥花蔭。」一句詩改了一個字。他覺得，初升的月亮好像掛在樹枝上一樣，黃狗應在花陰下睡覺。這樣，就情通理順了。

　　王安石回來後，見蘇東坡改了自己的詩，只是笑了笑，也沒說什麼。後來，因為蘇東坡上書反對已是參知政事的王安石的變法，結果被貶出京城。

　　蘇東坡被貶到遙遠的儋州（今海南）。剛到那裏時，每逢深夜，他都聽到樹上有一種鳥整夜吱吱喳喳叫個不停。他訪問當地群眾，才知道這種鳥叫明月鳥。這時，他才醒悟，原來真有「明月」枝頭叫！看來，是自己見識短淺了，他一下子想到自己改錯了王

安石的詩句。後來，蘇東坡獲赦，北歸回京城時，路過廣西合浦那個地方，於是他就在那裏的朋友家小住了一段時間。

一天，蘇東坡到室外散步，見一群小孩子圍在一堆花叢前喊著：「黃狗羅羅，黑狗羅羅，快出來呀！羅羅羅，羅羅羅。」蘇東坡感到十分好奇，走過去問小孩喊什麼。小孩說：「我們叫花裏的蟲子快點出來，好捉它。」

經小孩這樣一喊，蘇東坡湊近花前一看，真有幾條黃色和黑色的像芝麻大的小蟲在花蕊裏蠕動。於是，又問小孩這是什麼蟲。

小孩說：「黃狗蟲，黑狗蟲。」

「黃狗臥花心」，蘇東坡突然又想到了自己改王安石的詩，一下子恍然大悟。頓時，蘇東坡慨歎道：「我這個一字之師做錯了啊。」

◑ **走近名人**

公元一〇三七年，蘇東坡生於眉州眉山。蘇東坡的父親蘇洵，即《三字經》裏提到的「二十七，始發憤」的「蘇老泉」，也是當時非常有名的文學家。蘇洵發奮雖晚，但用功甚勤。蘇東坡晚年曾回憶自己幼年隨父讀書的事，感覺自己深受父親的影響。假若沒有蘇洵的發奮讀書，蘇軾幼年也就不可能接受良好的家教，也不能年未及冠即「學通經史，屬文日數千言」，更不可能有日後巨大的文學成就。

◐ **猜猜字謎**

表面上好像勝負不分（猜一字）（謎底見最後一頁）

◐ **知識小站**

參知政事：官名，又簡稱「參政」。是唐宋時期最高政務長官之一，與同平章事、樞密使、樞密副使合稱「宰執」。唐制以中書令、侍中、尚書僕射之外他官任宰相職，給予「參知政事」等名義。唐太宗貞觀十三年（639），參知政事開始正式作為宰相官名。到宋代，則演變成一個常設官職，參知政事是作為宰相的行政副手全面參與朝廷政務。

## 吳玉章 謙遜討教服務員

抗日戰爭時期，八路軍為解決糧食和減輕民眾負擔的問題，在陝北的南泥灣開荒種糧。一九四二年，著名教育家吳玉章陪同朱德總司令去南泥灣視察，回來後，寫了一首〈和朱總司令游南泥灣〉的詩。詩中用「縱橫百餘里，『回亂』成荒地」兩句，來描述了當時的南泥灣的狀況和歷史。

句中的「回亂」一詞，是指清朝年間，南泥灣一帶回民起義。這次起義遭到清朝政府的殘酷鎮壓，從此南泥灣人煙稀少，更加荒涼。寫完這首詩後，吳玉章要送去發表，他正抄寫詩時，身邊的一個服務員邊看邊搖頭。

吳玉章發現後，覺得他一定是對詩有什麼想法，於是很虛心地問他：「有什麼想法，快說說看。」這個服務員看吳玉章很謙虛，就想了想說：「吳老啊，我對『回亂成荒地』這一句有看法，覺得好像不妥。您雖然在『回亂』上加有引號，但我的理解，您還是把南泥灣的荒廢歸因於回民起義了。」

吳玉章一聽，覺得他說得很有道理，於是忙停下筆，謙遜地向他討教：「小夥子，你提得很好，這這一說，我才看出來，這句話確實有些不妥啊，你看看幫我怎麼改改才好？」隨即，兩個人就這個詩稿一起

討論起來，吳玉章把『回亂』改為「回變」，服務員說還是不好。服務員提議：把「回亂」改為「剿回」，這不就說明，南泥灣的荒廢是清朝統治者鎮壓人民起義造成的嗎？為讀者還原了歷史真面目。

吳玉章聞聽大喜，馬上提筆修改，並重新抄寫一份。事後，吳玉章同朋友們談到這位小服務員時，不無感慨地說：「他是我的一字師啊。」

## ◎ 走近名人

吳玉章（1878-1966），原名永珊，字樹人，四川榮縣人，自小忠厚篤誠，堅韌沉毅，喜讀史書，學識淵博，有「金玉文章」之譽。吳玉章自幼立志要「做點有益於人有益於國的事情」，參加戊戌變法，失敗後東渡日本，一九〇五年加入同盟會，踏上革命道路。辛亥革命後，出任孫中山的總統府秘書。後來加入中國共產黨，成為我國傑出的無產階級革命家、教育家，吳玉章是新中國教育的開拓者，中國人民大學的創始人。

## ◎ 猜猜字謎

格外大方（猜一字）（謎底見最後一頁）

## ◎ 知識小站

南泥灣：位於陝西延安城東南四十五公里處。抗日戰爭時期，國民黨軍隊調集幾十萬軍隊包圍陝甘寧邊區，實行嚴密的軍事包圍和經濟封鎖。當時，邊區地廣人稀，土地貧瘠，生活物資的供給很困難。在這嚴峻的歷史關頭，黨中央發出了「自己動手」、「豐衣足食」的號召，動員廣大軍

民開展大生產運動。八路軍戰士披荊斬棘，開荒種地，風餐露宿，戰勝重重困難，在南泥灣開荒屯墾，硬是用自己的雙手和汗水，將荒無人煙的南泥灣變成了「到處是莊稼，遍地是牛羊」的陝北好江南。

# 沈葆楨

## 岳父成了「一字之師」

　　沈葆楨是清代著名的政治家、民族英雄、詩人，也是林則徐的女婿。沈葆楨的家族和林家早有淵源，兩家又住得很近，所以，沈葆楨受林則徐的經世致用思想影響較大。

　　沈葆楨雖然長相一般，個子不大，而且小時候還身體多病，但他刻苦讀書，小時候就有著遠大的抱負，他決心向長輩林則徐那樣，為國為民分擔憂愁，為國家強盛做一番貢獻。林則徐也早就看好沈葆楨這個自強上進的年輕人，覺得他將來會很有出息。

　　沈葆楨多才好學，年輕時也很自負。他為自己的書房起名「夜識齋」，他喜歡書法，筆意蒼勁，法度謹嚴。他也喜歡寫詩，其詩詞也經常得到林則徐的指點。每有好詩，他都拿去讓林則徐指點。

　　有一次，沈葆楨寫了一首〈詠月〉的詩，請林則徐過目。其中有兩句是：「一鉤已足明天下，何必清輝滿十分。」林則徐看後，覺得他的詩整句意境很不錯，很有氣勢，但用字還需要斟酌。

　　沈葆楨拿回自己的詩，又仔細看了看，哪個字還需要改動呢？想來想去，他覺得沒有什麼問題，感覺還很滿意。於是，他又去請教岳父林則徐：「請岳父大人給予指點！」林則徐見沈葆楨有些自負，提筆把

詩句的「必」字圈上，在旁邊寫了個「況」字。沈葆楨有些不解，林則徐對他解釋說：「『必』字，自滿情緒嚴重，『況』字才為得壯志淩雲。」經岳父一指點，沈葆楨恍然大悟。

林則徐只修改了一個字，便使詩意更加準確、貼切、明晰和傳神。通過這一個字的修改，也使得林則徐的謙虛進取之心躍然紙上，沈葆楨連忙歎服拜謝。

## ◖◗ 走近名人

沈葆楨（1820-1879），字幼丹，又字翰宇，福建侯官（今福州）人。咸豐十一年（1861），受曾國藩之請，在湘軍大營中為官。因在與太平軍的作戰中屢獲軍功，而被曾國藩推薦，並於一八六二年擢升江西巡撫，操辦軍務。一八六七年沈葆楨任船政大臣，一八七四年日本以琉球船民漂流到臺灣，被高山族人民誤殺為藉口，發動侵臺戰爭。沈葆楨任欽差大臣兼理各國事務大臣，籌畫海防事宜，辦理日本撤兵交涉。由此，沈葆楨開始了他在臺灣的近代化倡導之路。他以敏銳的視角、果敢的作風，創建南洋海軍，打破了日本第一次侵臺陰謀。一八七五年任兩江總督兼南洋大臣，達到事業的頂峰。

## ◖◗ 猜猜字謎

踢開枕木水路行（猜一字）（謎底見最後一頁）

◐ **知識小站**

　　為什麼把妻子的父親稱為岳父？古代帝王常臨名山，設壇祭天地山川，晉封公侯百官，史稱「封禪」。一次，唐玄宗李隆基到泰山「封禪」，中書令張說做「封禪使」，負責「封禪」事宜。他把女婿鄭鎰由九品一下提為五品。後來玄宗問起鄭鎰的升遷事，鄭鎰支支吾吾，無言以對。旁邊的一個大臣譏笑他：「此乃泰山之力也。」唐玄宗才知道張說徇私，於是把鄭鎰降回九品。此事傳開後，人們就把妻父稱「泰山」。又因泰山乃五岳之首，又稱為「岳父」。

# 王一亭向年輕人認錯

　　一九三五年，著名書畫家王一亭先生受人之託抄寫百花詩。在寫其中一首詩時，誤將「茸」字寫成了「葺」字。「茸」讀 róng，有細柔的毛、髮等之意」；「葺」字讀音是 qì，有修理房屋之意。兩個字樣子長得差不多，但讀音和意義相去甚遠。當時，有一位叫金塵僧的二十五歲的年輕人，無意中看到了王先生的筆跡後，毅然提筆寫下了一首名為《戲呈白龍山人王一亭文》的詩，寄給了這位藝壇老前輩。詩是這樣寫的：

　　　　丹黃甲乙究瑕疵，自昔曾聞一字師；
　　　　那許紫茸成紫葺，先生想未燃吟髭。

　　詩意是說：寫詩做畫都講究沒有瑕疵，過去曾經聽說過一字之師的故事；老先生在抄詩時未經思索細辨就信手寫了錯字，誤把「茸」字寫成了「葺」字。金塵僧在詩中指出王一亭先生的錯誤，年逾古稀的王先生接到這首詩後，很是感慨，馬上寫了一首名為〈七律‧奉酬塵僧先生〉的詩答謝金塵僧。詩云：

　　　　多君隻字摘瘢疣，極目天涯未易求。
　　　　自省衰年多事僨，頻經塵劫念生浮。
　　　　搖毫愧向碑三宿，得句疏慳酒一甌。
　　　　半偈有緣共佳話，闌干倚遍海雲痠。

　　王一亭先生在詩中說：「謝謝你為我指出了這個字的錯誤，歡迎你有機會到我這裏來，一起探討學問。」表示了對這位年輕的一字之師的真摯感謝。

## ◯　走近名人

　　王一亭（1867-1938），名震，號白龍山人、覺器，浙江吳興人，畫家。從小喜好繪畫，十三歲時進上海慎余錢莊當學徒，業餘時間，一面去學外語，一面勤奮學畫。得到大畫家徐小倉、任頤、吳昌碩的指點。能畫人物、花鳥、走獸、山水、尤擅佛像。成年後曾任商務買辦，進入孫中山的同盟會，資助辛亥革命和二次革命。詩畫方面的著作傳世者甚多。

## ◯　猜猜字謎

　　耳朵上面長草，東北三寶可不少（猜一字）（謎底見最後一頁）

## ◯　知識小站

　　錯別字，指錯字和別字。在古代也稱作「白字」。所謂「白字先生」，就是經常讀錯字或寫錯字的人。錯字，無中生有，即在字的筆劃、筆形或結構上寫錯了，似字非字，這稱之為「錯字」。如有人將「染」字右上角的「九」寫成了「丸」，將「猴」字的右半部分寫成了「候」，或者將「曳」字的右上角多寫了一點……這些都是錯字。

　　別字，張冠李戴，本該用某個字，卻寫成了另外一個字，這稱之為「別字」。如「戊戌政變」寫成了「戊戍政變」、「按部就班」寫成了「按

部就搬」，「建議」寫成了「建意」……其中的「戍」、「搬」、「意」等都是別字。

　　錯別字的出現，原因是多方面的，其不良的影響或者危害也是不容忽視的。

## 范仲淹
## 為改一字下拜

北宋文學家范仲淹在桐廬做太守的時候，為紀念東漢著名隱士嚴光，為嚴光建了一個嚴先生祠堂，並為此做了一篇〈嚴先生祠堂記〉的文章，寫完之後拿給一個叫李泰伯的部下看，讓他幫助潤色修改一下。

李泰伯細細地讀了文章後，讚歎不已，對范仲淹說：「先生的這篇文章必將會在世上成名，我想幫你換一字，使它更完美。」范仲淹聽了，高興地握住李泰伯的手請教：「哪一個字，先生請講。」李泰伯說：「『雲山蒼蒼，江水泱泱。先生之德，山高水長。』這一句，意義和文字很大很深，用這一句來修飾『德』字，好像有點不全面，我建議把『德』字換成『風』字，你看怎麼樣啊？」

范仲淹想了想，「德」字指德行、道德等，很大很廣，「風」字指舉止和姿態、態度等，範圍窄一些，這樣一改，更能表達文章的本意。范仲淹覺得很好，馬上站起來對李泰伯躬身下拜！

### ◯ 走近名人

范仲淹（989-1052），字希文，漢族，吳縣（今屬蘇州）人，北宋著名的政治家、思想家、軍事家和文學家。范仲淹從小讀書就十分刻苦，為了勵志，他常年在家附近山上的醴泉寺寄宿讀書。那時，他的生

活極其艱苦，每天只煮一碗稠粥，涼了以後劃成四塊，早晚各取兩塊，拌幾根醃菜，吃完繼續讀書。「斷虀畫粥」這個成語就是從此而來。成年後，范仲淹在朝廷為官，他為政清廉，體恤民情，剛直不阿，力主改革，屢遭奸佞誣謗，數度被貶。有《岳陽樓記》《嚴先生祠堂記》《漁家傲．秋思》等名篇傳世。

## ◑ 猜猜字謎

王司徒走去說親，呂布將高興十分；貂蟬女橫目一笑。董卓相懷恨在心。（猜一字）（謎底見最後一頁）

## ◑ 知識小站

嚴光，字子陵，少與漢光武帝劉秀同學。劉秀稱帝後嚴光隱遁於釣魚臺，劉秀派人尋訪接他進京，和他在一個床上睡覺，嚴光把自己的腳放在劉秀的肚子上。第二天，有大臣上奏說，有客星侵犯皇上的御榻。劉秀笑著回答說：「是我的老朋友嚴子陵和我一起睡覺啊。」後來，嚴光辭掉皇帝給他的官職，退隱於富春山（今浙江桐廬），後人稱其所居之地為子陵灘。范仲淹在這一帶做官時，建造了嚴先生祠堂。

# 宋次道
## 文人相親又相師

　　北宋時，文學家王安石為編寫《百家詩選》，在詩人宋次道家借得他收藏的唐詩百餘篇，在編寫到皇甫冉的〈歸渡洛水〉一詩時，詩中有一句「瞑色赴春愁，歸人南渡頭。」宋次道把詩句中的「赴」字改作「起」字。王安石覺得不妥，又恢復為「赴」字。二人為此起了爭執，宋次道說：「你這樣改有什麼道理呢？」

　　王安石對宋次道說：「你聽我說說我的想法，你看有沒有道理，若有道理就按我改的做，若是沒道理，我們再商量。」宋次道說：「願聽其詳。」意思說，那你詳細說說吧。王安石：「若是『起』字，誰都能做得到，有些淺顯。我認為，「赴」字能把「春愁」與「瞑色」的關係更形象地表現出來，而又能引起讀者豐富的聯想。恢復為「赴」字，則「春愁」本已存在，隨著「瞑色」從四面八方奔赴而來，那「春愁」顯得更加濃鬱、更加深邃、更加愁上添愁了。」王安石深諳鍊字之道，作詩寫文章很注意遣詞造句，他認為「赴」有主動性，較「起」更精鍊。

　　宋次道覺得王安石說得對，尊重了王安石的意見。宋次道虛懷若谷，從善如流者，文人相親又相師，傳為佳話。

## ◖◗ 走近名人

宋次道，北宋學士，曾和王安石同為三司判官，宋次道家藏書很多，王安石在編寫《唐百家詩選》時，曾從他的那裏借了他所收集的唐詩。宋次道和同期的一些文學家來往較密切，王安石、司馬光、梅堯臣等都和他有詩互送。如司馬光的〈送次道能判西京〉、宋庠的〈道次春陵懷古二首〉、梅堯臣的〈和宋次道奠石昌言舍人〉、〈寄宋次道中道〉等。詩作有〈次西都詩〉等留世。

## ◖◗ 猜猜字謎

靠邊一點直走（猜一字）（謎底見最後一頁）

## ◖◗ 知識小站

《唐百家詩選》，又名《王荊公唐百家詩選》。宋朝王安石選輯。王安石一生共選輯了兩部詩集，這是一部，另一部是《四家詩選》，已失傳。這個選本是選那些大名家以外的詩人的作品，因此此本沒有選李白、杜甫、王維、白居易、柳宗元等大名家的詩，對於開闊視野很有益處，可以讓讀者花很少的錢見到一些平常難得一見的好詩，開闊讀者和讀書的視野。

## 陶行知
## 拜小孩為師

　　二十世紀三〇年代，人民教育家陶行知去參觀某小學，參觀結束後，寫了一首打油詩讚賞這個小學。詩是這樣寫的：

　　有個學校真奇怪，大孩自動教小孩。

　　七十二行皆先生，先生不在學生在。

　　有個只有八九歲的女學生，看了陶先生的詩後，來到陶行知跟前說：「先生，我覺得你的詩有點問題。」陶行知一看是個八九歲的孩子，忙高興地拉起她的手說：「小同學，你說說，有什麼問題。」

　　女學生說：「既然大孩能自動，難道小孩就不能自動嗎？大孩能教小孩，小孩就不能教大孩嗎？我看應該改為『小孩自動教小孩』。」

　　陶行知驚喜不已：「小同學，你說得非常好，我現在就改詩。」陶行知就把詩中「大」字改為「小」字。事後，陶行知逢人便誇：「這個小孩可真是我的『一字之師』啊！」

### 走近名人
　　陶行知（1891-1946），原名文濬，後改知行，又改行知。安徽歙縣人。陶行知自小十分聰敏好學。六

歲時，曾在鄰居家廳堂玩耍，看見廳堂牆上掛著對聯，便坐在地上臨摹起來，被鄰村秀才看見，以為神童，免費為其開蒙。後入家鄉蒙童館讀書。十五歲時，進一英國開的學校讀書。他在睡覺的宿舍牆上，揮筆寫下了「我是一個中國人，應該為中國做出一些貢獻來」的豪言壯語。成年後投身革命，致力於改革中國的教育事業，成為著名的教育家。著作有《中國教育改造》、《古廟敲鐘錄》等。

## ◖◗ 猜猜字謎

一對白魚不受鉤（猜一字）（謎底見最後一頁）

## ◖◗ 知識小站

打油詩，是舊體詩的一種。相傳為唐朝時代郡人張打油所創。他的〈雪〉詩中有「江上一籠統，井上黑窟籠。黃狗身上白，白狗身上腫」之句。所用都是俚語，且頗為詼諧。後人將這類詩歌稱為「打油詩」。這類詩一般通俗易懂，不拘於平仄韻律，詼諧幽默，有時暗含譏諷，風趣逗人。

二

「一字之變」篇

# 呂不韋改一字值千金

我國古代戰國時期，秦國有個丞相叫呂不韋。本來他是一個商人，一次他運貨到一個地方，賣完貨無事就到街上的小酒店喝酒，在那裏，他見到一個很有風度的人，於是兩個人聊了起來。原來，這個很有風度的人是秦國的一個宗室公子，名叫異人（後改名子楚）。呂不韋認為「此奇貨可居」，在這個人身上投點資，將來說不上會有很大的利，於是呂不韋給了公子異人很多幫助，並最終幫助這個宗室成員當上秦王。果然，呂不韋的投資得到了回報，這個秦王很快就任命呂不韋做秦國丞相，其後，呂不韋當了十幾年的秦國丞相，並被封為文信侯。

據說，呂不韋家中的食客就有三千多。為了提高自己的文化地位，呂不韋就讓那些無事可做的食客們編著了一部史書《呂氏春秋》。該書內容廣博，文字流暢，筆法生動，邏輯性強。書成之後，呂不韋想以此擴大自己在世人中的影響，於是，他特意在秦國都城咸陽城門上發布告示，懸榜各諸侯國賓客、學士為自己的書挑錯，並揚言誰能增減一個字，就賞他千金，結果沒有人能增減一字。呂不韋對此十分滿意。事實上並不是這本書一點錯誤沒有，而是因為人們害怕他的權勢，不敢改罷了。

成語「一字千金」就出於這個故事。後來人們用

「一字千金」來稱讚詩文的精妙和具有極高價值。

## ◎ 走近名人

呂不韋（？-前 235 年），衛國濮陽（今河南濮陽）人。戰國末期衛國著名商人，後為秦國丞相，政治家、思想家。呂不韋做商人時積累起千金的家產。當丞相後組織門客編寫了著名的《呂氏春秋》（又稱《呂覽》）。《呂覽》有八覽、六論、十二紀共二十餘萬言，融匯了先秦各派學說，故史稱「雜家」。由此，呂不韋也成為戰國時期雜家思想的代表人物。

## ◎ 猜猜字謎

值錢不值錢，全在這兩點（猜一字）（謎底見最後一頁）

## ◎ 知識小站

「奇貨可居」的故事：呂不韋在趙國都城邯鄲經商，遇到了秦國在趙國做人質的公子異人。回家後，便問他的父親：「耕田可獲利幾倍呢？」父親說：「十倍。」又問：「販賣珠玉，能獲利幾倍呢？」父親說：「百倍。」又問：「立一個國家的君主，可獲利幾倍呢？」父親說：「那不可以數計。」呂不韋說：「秦國的公子異人在趙國做人質，『此奇貨可居』，我去為他效力，將來會獲利無數。」

## 曹秀先漏寫一字詩變詞

　　清朝的乾隆皇帝是個喜歡舞文弄墨的人。有一次在公園閒遊時和隨從的官員閒談，得知其中一個叫曹秀先的官員，字寫得好，就順手將自己的白紙摺扇遞給他，命他在扇面上寫些字。曹秀先素知乾隆善於挑剔、弄巧，聽說讓他寫字，嚇得不得了，他不敢自己做詩，唯恐萬一疏忽惹來災禍；但又不得不寫，為保險起見，就抄寫了李白的〈早發白帝城〉一詩。

　　也許是過於緊張，越怕出問題還就真出了問題。寫好後，曹秀先小心翼翼地把扇子交給皇上。乾隆一看，立即變了臉色，嚴肅地說：「為什麼要把詩減去一個字，是何居心？」而後把扇子扔給了曹秀先。

　　曹秀先接過扇子一看，大吃一驚，果然第一句「朝辭白帝彩雲間」少寫了一個「間」字。這可如何是好？皇帝要給自己定個欺君之罪，那非同小可。

　　曹秀先趕緊跪下，大腦高速地轉著，焦急中計上心來，忙笑著奏道：「萬歲，李白〈早發白帝城〉萬口流傳，書寫者眾，千篇一律，早已失去新鮮趣味。為此，臣斗膽將其改寫成一首小詞，以愉聖心，豈不有趣？」

　　乾隆問：「如何說來？」

曹秀先說：「萬歲，你聽我讀來。」隨即朗聲吟道，「朝辭白帝，彩雲千里，江陵一日還。兩岸猿聲啼，不住輕舟，已過萬重山。」乾隆皇帝一聽，果然新鮮別致，大加讚賞。

曹秀先擦了擦腦門上的汗珠，一顆懸著的心落了地，自己是巧辯躲過了一場災難啊。

## ◑ 走近名人

曹秀先（1708-1784），字恒聽，又字芝田、冰持，號地山，南昌新建縣人。清代大臣，文學家。乾隆元年考中進士，授翰林院編修。先後任禮部尚書、《四庫全書》編纂官等職。因其為官清廉，秉公執法，深得民心。乾隆帝特賜給他「紫禁城騎馬」的特殊待遇。曹秀先學問淵博，著述甚豐，有《賜書堂稿》、《移晴堂四六》等存世。

## ◑ 猜猜字謎

向陽門第（猜一字）（謎底見最後一頁）

## ◑ 知識小站

詩變詞的另一個故事：有一年，乾隆皇帝新添了一把扇子，這把扇子還沒有題字，乾隆就命大臣紀曉嵐給題字。紀曉嵐就題了一首唐代詩人王之渙的〈涼州詞〉。在題寫中，不慎把「黃河遠上白雲間」的「間」給字漏掉了。乾隆看了後頗感不悅，說紀曉嵐有欺君之罪！紀曉嵐拿一看自己漏寫了一個字。他靈機一動，馬上對乾隆皇帝說：「聖上，我這是一首改

寫的詞。」接著紀曉嵐吟誦著：「黃河遠上，白雲一片，孤城萬仞山。羌笛何須怨，楊柳春風，不度玉門關。」經過紀曉嵐這麼一斷句，一首〈涼州詞〉果然由詩變成了詞，而且意思完全未變。乾隆皇帝沒在說什麼。這個故事有演義的成份，也有的人把這個故事安裝在光緒的老師翁同龢和慈禧太后的身上。

# 曾國藩「屢戰屢敗」與「屢敗屢戰」

太平天國起義後，因為清政府腐敗無能，無力和太平軍作戰。於是，朝廷鼓勵鄉紳們發展武裝對抗太平軍。有個叫曾國藩的人，在家鄉湖南拉起了一支隊伍，歷史上稱為湘軍，攻打太平軍。湘軍雖然英勇善戰，還有朝廷的支持，但是連續幾次都被太平軍打得潰不成軍。

作為湘軍的統領首領，曾國藩痛不欲生，幾乎陷入絕望，就想以死洗涮恥辱，曾投入到江中自盡，但被其左右救起。

在上書朝廷報告軍情時，他說湘軍屢戰屢敗，請求朝廷處罰自己。他的一個師爺看到奏摺說：「大帥呀，這樣寫不行啊！屢戰屢敗，這說明我們實在無能啊，這樣報過去，朝廷真會治我們的罪的，還是改一改吧。」曾國藩說：「那怎麼寫呢？」師爺想了想說：「把『屢戰屢敗』換成『屢敗屢戰』。」曾國藩想了想，覺得這樣改好，就接受了這個建議。

朝廷看到曾國藩所寫的奏章後，認為他雖然幾次作戰都連遭失敗，但是仍然頑強地戰鬥，其忠心可嘉，不但沒有懲罰他，反而更加重用他，給他加官，給他更多的錢，支持他的湘軍。

曾國藩從中得到鼓舞，大振精神，重新整頓軍

務，決心與太平軍血戰到最後。

經過多年的苦戰，曾國藩終於攻破了天京城池，成為清朝政府鎮壓太平天國起義的一位重臣，他也得到朝廷的重賞。

## ◑ 走近名人

曾國藩（1811-1872），原名子城，字伯函，號滌生，出生於湖南一個地主家庭，自幼雖笨，但勤奮好學，六歲入塾讀書。八歲能讀八股文、誦五經，十四歲能讀《周禮》、《史記》文選，同年參加長沙的童子試，成績列為優等。成年後到朝廷為官，他是湘軍的創立者和統帥者，也是攻打太平天國運動的主要人物，洋務運動的主要發起者。他是清朝軍事家、理學家、政治家、書法家，文學家。曾國藩是中國歷史上最有影響力也頗具爭議的人物之一。他的人生，他的智慧，他的思想，深深地影響著後來人。

## ◑ 猜猜字謎

相逢西湖邊，淚別斷橋前（猜一字）（謎底見最後一頁）

## ◑ 知識小站

「屢戰屢敗」與「屢敗屢戰」的不同：雖然說它們只是把詞序上簡單的顛倒一下，但是卻能反映出對待失敗時的兩種截然相反的人生態度。「屢戰屢敗」反映出的是心灰意冷，意志消沉的悲觀情緒，而「屢敗屢戰」則反映出的是一種毫不氣餒，百折不撓的頑強意志。

# 黃庭堅改兩字點金成鐵

南北朝時，梁朝詩人王籍寫了一首名為〈入若耶溪〉的詩，詩中有這樣兩句——「蟬噪林愈靜，鳥鳴山更幽」。此詩流傳到世間後，人們認為這兩句詩十分精彩，是「文外獨絕」。

可是傳到北宋時，一些無聊的文人開始對這兩名詩提出疑問，有人說：沒有聲音，才是幽靜；蟬噪、鳥鳴都有聲，怎麼能說幽靜？有的人說，這兩句詩寫得不對，甚至還根據自己的想像對這兩句進行了改寫，把兩句詩合成一句為「一鳥不鳴山更幽」。

大詩人黃庭堅知道此事，批評這改詩的文人說：「經你這一改，就點金成鐵了。形式上，原詩是五言，你改成了七言，五言與七言句式不同；意義上，鳥鳴說明人跡稀少，沒有人跡才顯出山林的幽靜來，倘若『一鳥不鳴』那說明這裏是死沉沉了，怎麼說是幽靜了呢？」這人一想，覺得黃大詩人說得很對。

經黃庭堅這樣一說，這些文人們才不再對「蟬噪林愈靜，鳥鳴山更幽」提出什麼疑問。

## ◑ 走近名人

黃庭堅（1045-1105），字魯直，自號山谷道人，晚號涪翁，又稱豫章黃先生，洪州分寧（今江西修

水）人。北宋詩人、詞人、書法家，為盛極一時的江西詩派開山之祖。進士出身。做過一些小的官職。代表詩作有〈登快閣〉、〈雨中登岳陽樓望君山〉等，黃庭堅的書法成就在歷史上更是佔有重要的地位。

## ◐ 猜猜字謎

白鷺前身是釣翁（猜一字）（謎底見最後一頁）

## ◐ 知識小站

「點金成鐵」與「點鐵成金」：這兩個詞都是成語。點金成鐵，用以比喻把好文章改壞。也比喻把好事辦壞。也可說成「點金作鐵」。點鐵成金，原指用手指一點使鐵變成金子的法術。比喻修改文章時稍稍改動原來的文字，就使它變得很出色。也可以比喻把不好的事情轉變為好的事情。

## 任蕃

### 奔走百里改一字

　　唐代詩人任蕃年少時滿腔抱負，他步行幾千里到京城趕考，想博取功名，結果沒考上。落榜後，他對主考官發了一通牢騷：「我是出身在寒門的人士，來自窮鄉僻壤，沒錢做路費，我一路上用手遮著烈日，不遠萬里，步行到京城趕考。我苦讀多年，就想考取功名光宗耀祖，為國家做點事，沒曾想名落孫山。你難道沒聽說過江南才子任蕃苦讀詩書的事嗎，你怎麼忍心讓我兩手空空回去呢？」

　　主考官聽了任蕃的這番話，有點動情，想挽留他，讓他京城學習，下一次再考。但任蕃看破了考場的黑暗，他負氣離去，發誓不再參加科舉考試，決心游遍祖國名山大川，並潛心詩歌創作。一次，任蕃登上天台山的中子峰，觸景生情，提筆在寺院的牆壁上寫了一首詩：絕頂新秋生夜涼，鶴翻松露滴衣裳。前峰月映一江水，僧在翠微開竹房。題詩後，任蕃遊玩遠去，他乘船走出百里之外時，看到周圍的景致，忽然想到自己那首詩的「前峰月映一江水」一句，如果改「一江水」為「半江水」，更能寫出大江在峰側半掩半露的情態。於是他掉頭又跑了回來，卻看見那「一」字不知被誰已經改成「半」字了。他心中暗自叫好：「真是有知音，我這一百里路沒有白跑！」

　　任蕃的這首詩寫得空前絕後，自他在寺院的牆壁

題詩後，許多年沒有人再敢來題詩。只有人在其詩後留言說：「任蕃題後無人繼，寂寞空山二百年。」

## ◐ 走近名人

任蕃（約西元 844 年前後在世），也有的書上寫作任翻，江東人，唐朝著名詩人。年輕時考進士不中，常游家鄉的山水間。其詩重聲調，且不厭改。在當時很有才名。

## ◐ 猜猜字謎

夫人一去三十載（猜一字）（謎底見最後一頁）

## ◐ 知識小站

題詩壁上，是古代常見的詩歌創作與傳播形式。因為那時候沒有今天的報紙雜誌等出版物可供詩人們出版自己的詩，所以，寺院之壁、流覽的景點就成了詩人們寫詩發表的地方。因為寺廟香火鼎盛，常有名流出入，寒士也多在寺觀裏借居讀書，景點也常有文人雅士遊玩，於是這些地方便成了古代的文化交流中心。

# 程潛
## 少寫一字險遇禍

抗日戰爭期間，有一次，國民黨第一戰區司令長官程潛讓部將給蔣介石發了一封密電，向他報告戰況，文中有「已派五軍增援」字樣。蔣介石看後有些不明白，於是提筆批示道：「五個軍？第五軍？」於是命人將原件退回第一戰區司令部。

為此，程潛派人追查此事，第一戰區司令部的將領們險些受到處罰，惶恐不已，慶幸未造成重大失誤。於是，軍中有人寫了一首詩責之：

第五軍耶五個軍？含糊模棱費沉吟。
軍機豈可作兒戲，一字差池數萬人。

## ○ 走近名人

程潛（1882-1968），字頌雲，湖南醴陵人。程潛出身耕讀世家，九歲入私塾，十六歲通過童試成秀才。十八歲進入長沙嶽麓書院，開始瞭解中外時局後，決定放棄科舉之途，棄文習武，後以第一名成績考入湖南武備學堂。又到日本陸軍士官學校學習。國民革命軍一級上將。曾任湘軍都督府參謀長、非常大總統府陸軍總長，廣東大本營軍政部部長。

## ○ 猜猜字謎

揮手告別（猜一字）（謎底見最後一頁）

◑ **知識小站**

　　抗日戰爭，是指從一九三七年七月七日的「盧溝橋事變」開始，由日本帝國入侵中華引發的戰爭，主戰場在中國大陸，抗日戰爭進行了八年，至一九四五年九月，以中國的勝利而告終。

王安石
一字改了十幾次

　　北宋文學家王安石在寫詩作文時，對用字和語言的錘鍊十分講究，達到了不讓一個不滿意的字詞過關的地步，甚至為改一個字一個詞要考慮好幾天。王安石有一首詩叫〈泊船瓜洲〉：

京口瓜州一水間，鍾山只隔數重山。
春風又綠江南岸，明月何時照我還？

　　「春風又綠江南岸」一句用的「綠」字就改了有十幾遍。在這首詩的初稿中，開始寫的是「又到江南岸」，王安石覺得不妥，於是圈去「到」字，注曰「不好」，改為「過」；而後，考慮來考慮去，又覺得「過」也一般，於是又圈去「過」而改為「入」；再改為「滿」，還是不好。急得王安石茶飯不思，睡覺都在想這個字，這樣前後改了十幾個個字，最後才定為「綠」。

　　一個「綠」字為何精準？因為它把看不見的春風轉換為鮮明的視覺形象，寫出了春風的效果，春風的精神。描繪了春過江南後的效果——綠滿江南。

## 走近名人

　　王安石（1021-1086），字介甫，號半山，封荊國公。臨川人（今江西省東鄉縣上池村人），北宋傑出

的政治家、思想家、文學家、改革家，唐宋八大家之一。王安石出生在一個小官吏家庭，少年時喜好讀書，受到較好的教育。青年時期便立下了「矯世變俗」之志。成年後官至參知政事（宰相），主張並主持了變法。他的變法對北宋後期社會經濟具有很深的影響，已具備近代變革的特點，被列寧譽為是「中國十一世紀偉大的改革家」。

## ◎ 猜猜字謎

鏡中人（猜一字）（謎底見最後一頁）

## ◎ 知識小站

王安石與「綠」字：可以說，一個尋常的春風又綠江南岸的「綠」，給這首詩乃至王安石帶來了千古的聲譽。其實，王安石詩中的「綠」字不止此篇，其它幾首詩中的「綠」字也都使用的很工巧，很精到。如〈北山〉中有句：「北山輸綠漲橫池，直塹回塘灩灩時。」〈書湖陰先生壁〉中有句：「一水護田將綠繞，兩山排闥送青來」。前一個「綠」字，將北山流下的溪水漲滿山下陂塘，一派春水接天、春光無限；後一個「綠」字正好相反，它是化靜為動，將無生命的綠水青山都充滿動態，都滿懷情誼：一個繞著農田，讓田野充滿生命的綠色；一個刻意推開門，將青青的山色奉獻到詩人眼前。

# 三 字詞由來篇

## 人物譜

**武則天**・中國歷史上唯一的名符其實的女皇帝。是個野心勃勃的女人。十四歲時被選入宮，成為皇后後參與朝政，廢黜自己兒子，獨攬大權，最後登基稱帝。

**姜　維**・三國時期蜀漢著名軍事家、軍事統帥。英勇善戰，足智多謀，在諸葛亮去世後，繼續率領蜀漢軍隊北伐曹魏，但終究迴天乏術。

**蘇東坡**・幼年隨父讀書，深受父親苦學的影響，少年時就學通經史，成年後，詩詞書畫樣樣精通，北宋著名散文家、書畫家、詞人、詩人，是豪放詞派的代表。

## 賈島
## 推敲推敲再推敲

詩人賈島酷愛吟詩，常常為構思佳句而忘乎所以，不管是坐著還是行走，無論是吃飯還是

睡覺，苦吟詩句不間斷。有一次，賈島騎驢去訪問一個朋友，在驢背上想得一首〈題李凝幽居〉的詩。詩句是這樣的：

閒居少鄰並，草徑入荒園。
鳥宿池中樹，僧推月下門。
過橋分野色，移石動雲根。
暫去還來此，幽期不負言。

但他對「僧推月下門」一句中的「推」字，是用「敲」還是用「推」有些猶疑不定，覺得「僧敲月下門」似乎更能襯托環境的幽靜。賈島一時拿不定主意，便在驢背上邊吟詩邊舉手作推敲之狀，反覆品味，結果無意中撞上了京兆尹、大文學家韓愈的儀仗隊。

衛士們把賈島推至韓愈面前，韓愈問他為什麼不躲避，賈島把自己正想著一首詩的用字的事，如實稟報韓愈，韓愈得知原因後不但不怪罪賈島，反而下了轎子，和賈島在路上探討起來。韓愈建議他改「僧推月下門」為「僧敲月下門」。

賈島問：「為什麼？」

　　韓愈對賈島說：「我看還是用『敲』好，去別人家，又是晚上，還是敲門有禮貌啊！而且一個『敲』字，使夜靜更深之時，多了幾分聲響。再說，讀起來也響亮些。」

　　賈島聽了連連點頭。兩個人說著說著，大有相見恨晚之意，於是韓愈邀賈島來到自己家，共論詩道，二人從此成了朋友。

　　後來，韓愈贈詩賈島：「孟郊死葬北邙山，日月風雲頓覺閒，天恐文章渾斷絕，再生賈島在人間」。賈島從此名聲大振。這個故事也是「推敲」一詞的來歷。

## 走近名人

　　賈島（779-843），唐代詩人。字浪（閬）仙。唐朝河北道幽州范陽縣（今河北省涿州市）人。早年出家為僧，號無本。自號「碣石山人」。賈島出生於平民家庭，門第寒微，迫於生計，棲身佛門為僧。傳說遇到韓愈後還俗，但曾數次應舉，都不得志。賈島是唐代苦吟詩派的典型。他的詩精於雕琢，喜寫荒涼、枯寂之境，多凄苦情味，自謂「兩句三年得，一吟雙淚流」。

## 猜猜字謎

　　攤開又去（猜一字）（謎底見最後一頁）

## 知識小站

　　賈島與苦吟派：什麼叫苦吟派呢？為了一句詩或是詩中的一個詞，不

惜耗費心血，花費無數工夫的一群詩人統稱為苦吟派。詩人孟郊、賈島及姚合都是苦吟派代表人物。賈島曾用幾年時間作了一首詩。詩成之後，他熱淚橫流，不僅僅是高興，也是心疼自己。當然，他並不是每做一首都這麼費勁兒，如果那樣，他就成不了詩人了。

## 武則天

### 日月當空「曌」

武則天是中國歷史上唯一的女皇帝，可以說是前無古人，後無來者。唐朝李世民當皇帝時，武則天進入皇宮，但也只是一般的宮女。後來，因為她很善於表現自己，也很會使手腕，在激烈而殘酷的宮廷鬥爭中步步為營，終於登上了皇后的寶座。後來她廢掉李姓皇帝，改唐朝為周朝，自己登基做皇帝。

這武則天當了皇帝以後，擔心別人不服，想方設法樹立自己的權威，除了對一些不服自己的人進行嚴厲的制裁，甚至殺戮，在文化方面更想堵住別人的嘴。為了顯示她博學多才，為了讓臣民們看到她是天生的皇帝，她別出心裁地造出許多新字。

武則天本名為「照」，她認為自己是真龍天子，是天上的日月，日月當空，普照神州大地，給天下百姓送來光明、帶來溫暖，於是，她便將「照」字改為「曌」字。她認為這才是天地運行的正道，造化中應有的真諦。

「曌」字就這樣產生了。

### ◐ 走近名人

武則天（624-705），并州文水（今山西文水縣）人。十四歲時被選入宮，為唐太宗才人，賜號「武

媚」，人稱媚娘。唐高宗時成為皇后，參預朝政。唐高宗病逝後，她廢黜中宗，改立四子李旦為睿宗，獨攬大權。後來，她又廢黜睿宗，登基稱帝，改國號為「周」，史稱武周，成為中國歷史上唯一的女皇帝。

## ◑ 猜猜字謎

似明白，不明白（猜一字）（謎底見最後一頁）

## ◑ 知識小站

武則天造字的典故：據說武則天當皇帝時，曾造過十九個字。當時有一位書生，為了迎合討好武則天，上書建言，說「國」字方框內的「或」（「國」字的繁體字是「國」）很像「武」，有擾亂天象之嫌；而且「或」即「惑」，有不穩固之意，當今聖上姓武，是武姓之國，宜將方框中的「或」字改為「武」字，這樣才可以上承天意，下符民望。武則天看了建言十分高興，馬上降旨天下，將方框內的「或」字改為「武」字，作為國家之「國」字。過了不久，有人又上書說：「把『武』字放進方框內，與把『人』字放入方框內成為『囚』字是一樣的，有『武』氏被困之嫌，是不祥之兆。」則天認為很有道理，又降旨將此字停用。

# 王安石雙喜臨門造「囍」字

相傳，北宋文學家王安石年輕時進京趕考，住在其舅舅家裏，晚上沒事出去走走，看到舅舅家附近街上很熱鬧，人們都往一個方向去，他也就跟了過去。原來，在一家大戶人家的門樓上掛著一盞走馬燈，燈上題有一招婿聯，人們都來這裏看熱鬧。這個招婿聯是這樣寫的：

走馬燈，燈走馬，燈熄馬停步。

陪著他一起走的舅舅家裏的人告訴王安石說，這副招婿聯掛了有半年了，至今無人能對出。王安石當時也未在意，但將此聯記下。

王安石進了考場，翻開試卷一看，試題竟是一聯，要求對下聯：

飛虎旗，旗飛虎，旗卷虎藏身。

王安石甚為驚詫，此聯恰與前日晚上看到的那副招婿聯成對，於是拿來那副招婿聯就寫在這裏了。考官一看，這聯對得實在是太好了，因而王安石一舉考中進士。

回到舅舅家，王安石又想起了那副招婿聯，於是他又將試題之聯去對「走馬燈」一聯，結果人家認為對聯對得很好，王安石又被招作女婿。因為雙喜臨

門，結婚之日，王安石便把兩個「喜」字貼在一起，這也是「囍」字的由來。也成就了一個文字由來的佳話。

## ◐ 走近名人

王安石小時候，經常去街上的一家麵館裏吃麵。有一天，王安石又去吃麵。老闆有心考考他，故意不給他端麵，夥計只拿著一雙筷子給他，告訴他麵做好了，讓他自己去端。王安石也沒多想，徑直來到廚房，只見灶墩上放著滿滿的一碗麵，麵湯都要溢到碗外了。老闆笑眯眯地告訴他，這碗麵是特意為他做的，味道特別好，如果王安石能把麵端到堂前去，不潑出一滴湯，就不收錢。王安石聽了，有些新奇，問明確實以後，轉了一下小腦袋，用筷子輕輕地往碗裏一伸，把碗裏的麵條都挑了起來，碗內自然只剩半碗湯了。就這樣，王安石左手端著碗，右手拿著筷子挑起麵，順順當當地把這碗熱麵條端到堂前，然後坐下津津有味地吃了起來。麵館老闆、夥計對他直豎大拇指，稱讚他有鬼主意。

## ◐ 猜猜字謎

一家十一口，一家二十口，兩家合一起，萬事都不愁（猜一字）（謎底見最後一頁）

## ◐ 知識小站

招婿聯，我國古代封建社會的一些小說或者戲劇裏，古代封建社會的書香門第或者大戶人家的女孩子們一般很少出家門，沒有機會認識男孩子，所以很少有現在這樣的自由戀愛的機會。父母們為了給女兒找一個有

文化的女婿，就有人在不同的場合出一個對子讓有意的男青年來對，對上的，對得好的，就把女兒嫁給他。這個對聯就叫招婿聯。

## 項斯
## 說項與項斯

　　唐朝詩人項斯心胸闊達、品行端正，品格高雅。他對當時社會上的人與人之間不平等，特別是官場上人與人之間的虛偽、互相欺騙等不良現象十分看不慣，不願意做那些虛偽的事，也不願意和那些虛偽之人來往。所以，做了一段時間的官之後，項斯便辭官回家，在家鄉的朝陽峰山腳下搭了兩間茅草房住下。從此，他在那裏隱居了三十多年，結交志同道合的朋友，寫詩抒情，遠離世俗，保持自己的人格清白。

　　項斯每天流連於自然之間，取山中溪水燒茶，在樹蔭裏朗聲讀書，躺在山坡的青石板上看天空雲卷雲飛，坐在林間的草地上聽山林中小鳥的鳴唱。「魚在深泉鳥在雲，從來只得影相親。」他就喜歡這樣無憂無慮、純潔美好的生活。

　　當然，項斯也不是完全與世隔絕。離他的茅草房有兩里路的山上，有一個寺廟，寺廟裏有兩個和尚很喜歡詩。項斯就常和他們一起交流詩歌，相互欣賞作品。

　　有個叫楊敬之的人，在朝廷中為官，他也是個正直清白之人，他非常喜歡項斯的詩，認為項斯不但詩好，而且人品也很端正。所以，總想有機會見一見項斯。

　　有一天，楊敬之到外地為朝廷辦事，路過離朝陽峰不遠的地方，特意繞道來到朝陽峰腳下，前來拜訪項斯。兩個人很投機，談詩、談天、談地。臨走時，楊敬之還贈項斯詩一首：「幾度見君詩總好，及觀標格過於詩。平生不解藏人善，到處逢人說項斯。」從此，楊敬之走到哪裏就說項斯到那裏，逢人便說，四處推薦。有人戲稱他是「說項」。

　　項斯的名聲傳揚四方，「說項」一詞也就傳開了。人們用「說項」來指替人說好話。後來，「逢人說項」、「為人說項」、「代為說項」、「代人說項」等相關的詞語就出現了。

## ◎ 走近名人

　　項斯，約 836 年前後在世。字子遷，號純一，稱元旺公。浙江仙居縣人，唐朝詩人。項斯是浙江台州第一位進士，也是台州第一位走向全國的詩人。他的詩在《全唐詩》中就收錄了一卷計八十八首，被列為唐朝百家之一。

## ◎ 猜猜字謎

　　先生無顏對江東（猜一字）（謎底見最後一頁）

## ◎ 知識小站

　　茅草，又叫白茅，俗稱茅茅根，禾本科「茅草」植物，多年生深根性雜草。以根莖和種子繁殖。我國許多地方都有分布。耐乾旱和瘠薄，根莖蔓延能力強，不易剷除。常生長在山坡、草原、河邊。生命力極強。可充

牛羊飼料，但危害莊稼，生長在莊稼地裏則成為難以根除的雜草。是中華常用藥，新鮮乾燥都可入藥，鮮茅根最佳。

# 劉半農
## 讓我如何不想「她」

「五四」運動之前，沒有用「她」這個字來表示女性的意思。人們習慣於用「他」這個字來統一指代男、女以及除人之外的第三人稱。然而頻繁使用這一指代模糊的代詞，有時候對一個人男女不分，性別不分，這給人們帶來不少麻煩。

後來，英語的傳入讓這一問題更加凸顯出來：漢語中沒有表示女性的那個字與「She」相對譯，因此最初翻譯「She」時，常譯成「他女」「那女的」。所以，有時候一篇文章有許多「他女」「那女的」字樣，看上去和讀起來都十分彆扭。

如何解決這個問題呢？一些文化學者也都在探討辦法。

一九二〇年，著名學者劉半農在報紙上發表了〈「她」字問題〉的論述文章，第一次系統闡述用「她」字指代第三人稱的女性。這篇文章發表後，人們對「她」字有了一定的認識。

後來，為了進一步推廣使用「她」字，劉半農先生又創作了〈教我如何不想她〉這首詩，第一次在詩中用了「她」字。詩中寫到：

天上飄著些微雲，

地上吹著些微風。

啊！

微風吹動了我頭髮，

教我如何不想她？

月光戀愛著海洋，

海洋戀愛著月光。

啊！

這般蜜也似的銀夜，

教我如何不想她？

水面落花慢慢流，

水底魚兒慢慢游。

啊！

燕子你說些什麼話？

教我如何不想她？

枯樹在冷風裏搖，

野火在暮色中燒。

啊！

西天還有些兒殘霞，

教我如何不想她？

　　這首詩受到了當時青年們的喜愛，有作曲家還將此詩譜曲，在二十世紀三〇年代中國青年知識分子中，廣泛傳唱。這樣，代表女性的「她」才逐漸為人們所使用。

## ◎ 走近名人

劉半農（1891-1934），名復，字半農，江蘇江陰人。我國著名的文學家、語言學家和教育家。劉半農少年時便天資聰穎，加上他刻苦努力，中學時每次考試各科成績平均都在九十分以上，作文更是名噪一時。成年後旅歐留學，獲法國國家文學博士學位。後來回國任北京大學教授。所作新詩多描寫勞動人民的生活和疾苦，語言通俗。他一生著作甚豐，作品有《揚鞭集》、《瓦釜集》、《半農雜文》等。

## ◎ 猜猜字謎

馳奔千里會佳人（猜一字）（謎底見最後一頁）

## ◎ 知識小站

〈教我如何不想她〉的故事：一個不認識劉半農的青年，看到〈教我如何不想她〉詩中「月光戀愛著海洋，海洋戀愛著月光。啊！這般蜜也似的銀夜，教我如何不想她？……」就料定劉半農必定年輕瀟灑。哪知見面後卻是個老頭！劉半農為此還作打油詩一首：「教我如何不想他，請進門來喝杯茶。原來如此一老叟，教我如何再想他！」

## 齊景公願做「孺子牛」

　　我國古代春秋時期，齊國有個國王叫齊景公，他非常寵愛自己的小兒子荼。不論荼想要幹什麼，齊景公都滿足他。荼想著法地玩，王宮中的各種遊戲荼都玩膩了。

　　一天，荼要扮牧童牽牛玩。齊景公想：如果讓兒子牽一頭真牛玩，那太危險，有些不放心。不讓兒子牽，兒子又吵著鬧著不幹，怎麼辦呢？齊景公想了想，自己裝作牛，叫兒子牽著玩，不就沒有危險了嗎？於是，他進行了一番打扮，在頭上　了兩隻犄角，口裏銜著「牛繩」的一端，一邊學牛叫，一邊在地上爬著，做著牛經常做的各種動作；兒子荼握著「牛繩」的另一端，在前面牽著。荼牽著「牛」走著、走著，玩得正開心的時候，不小心摔了一跤，手中的「牛繩」又忘了放鬆，齊景公又把「牛繩」咬得很緊，於是牙齒就被「牛繩」拉鬆動了好幾顆。

　　「孺子」過去是兒童的通稱，這裏指兒子，所以後來人們就把甘心為兒子做「牛」的父親稱作「孺子牛」。「孺子牛」一詞也就由此而來。中國人嬌慣孩子也是從有「孺子牛」後開始的。

### ◗ 走近名人

齊景公（？-前 490 年）：姜姓，名杵臼，春秋

後期齊國的君主，齊景公接他哥哥的班，年幼登基，在位五十八年，是齊國歷史上統治時間最長的國君之一。親政之初，他能夠虛心納諫。認真聽取、採納晏嬰、弦張等人的建議，並放手賢臣治理國家，從而使齊國在短短的幾年間由亂入治，人民生活得到了較大的改善，國力得到了提高。他的文治武功使齊國得以強盛一時。但後來齊景公貪圖享樂，生活奢侈，不顧百姓死活，國家開始走下坡路。

◐ **猜猜字謎**

十年之前特厲害（猜一字）（謎底見最後一頁）

◐ **知識小站**

齊景公為什麼姓姜：姜子牙輔佐周武王伐紂，滅亡商朝建立周朝。功勳赫赫的姜子牙受封於齊，又成為春秋列國中齊國的開國鼻祖，姜子牙是齊國的創建者，所以後人又稱姜子牙為「齊太公」。齊國的國君都是姜子牙的後裔，所以姓姜。

# 姜維

## 膽略過人的「斗膽」

三國時期，劉備的蜀漢國有個大將叫姜維，此人膽大心細，善於打仗。姜維曾是魏國的將領，後來歸順了討伐魏國的蜀漢國丞相諸葛亮，諸葛亮很賞識他，提拔他擔任軍中的重要職務。

諸葛亮在世時，姜維就曾打過許多勝仗，人們稱讚他「一身都是膽」。諸葛亮死後，姜維成為蜀國的軍事統帥，多次率軍討伐魏國。

後來蜀漢的皇帝劉禪投降了魏國，命令姜維也投降，姜維被迫從命，但他一直在找機會恢復蜀國。於是，姜維假意和魏國的大將鍾會套近乎，取得了他的賞識。而後，姜維慫恿鍾會在蜀地自立為王，鍾會真的聽了他的建議，姜維想趁鍾會謀反的機會，恢復蜀漢。但是計劃敗露了，姜維、鍾會都被亂軍所殺。

平時，姜維以膽略過人聞名，據說，姜維死後，有人把他的肚子剖開，看看他的膽到底有多大。果然與眾不同，有斗那麼大。後來人們就把膽大、無所畏懼稱為「斗膽」。事實上，從科學上講，膽囊是人體消化器官，它的大小同人的「膽量」大小是無關的。

### ◖◗ 走近名人

姜維（202-264），字伯約，天水冀（今甘肅甘谷

東南）人。三國時期蜀漢著名軍事家、軍事統帥。原為曹魏天水郡的中郎將，後降蜀漢，官至涼州刺史、大將軍（擁有最高軍事指揮權）。姜維在諸葛亮去世後，繼續率領蜀漢軍隊北伐曹魏。先後共出兵十一次，然而由於蜀漢國力弱小等原因，終究迴天乏術。

## ◖◗ 猜猜字謎

日月盡隨天北轉（猜一字）（謎底見最後一頁）

## ◖◗ 知識小站

斗膽的「斗」的含義：此文中的斗，量糧食的器具，一般是用木板製成的口略大底略小的方形物，「斗」也是我國市制容量單位，十升為一斗，十斗為一石。因為各種米的重量不同，沒法確定一斗相當於今天的多少重量，按古代量小米計算，一斗大約重十二點五斤，也就是六點二五千克。

# 班伯
## 到任給人「下馬威」

我國古代西漢的時候，定襄這個地方非常亂，一些不法豪紳大姓為非作歹，沒人能治得了他們，所以，也沒有人願意到那裏去做官。

豪門貴族少年班伯聽說了這件事，主動到皇帝那裏請纓，說自己想到混亂的定襄去做太守，並保證自己能把那裏治理好。有人不同意，說他一個小毛孩子，太年少了，沒有當官的經驗。皇帝想，反正沒人願意去，他又想去，不妨讓他去試試。於是就任命他為定襄太守。

班伯剛到任時，當地的豪紳大姓們，擔心班伯初到任，新官上任三把火，要對他們顯示威風，所以有所收斂。他們把以前犯罪的人全都藏匿起來。班伯也沒有去管這些事，而是大張旗鼓地宴請豪紳大姓，與他們結交成狐朋狗友，豪紳大姓們開始放鬆警惕，於是，班伯一點點地從他們口中瞭解到那些犯事之人的藏身之處，一切都在暗中準備好了，班伯一聲令下，把犯事的人全部捕殺，一下子，定襄就安定了。

古人有用下馬、下車表示官員到任的習慣，所以，定襄的百姓都說班伯給了那些豪紳大姓們一個「下馬威」。「下馬威」讀來順口，意思簡約明白，便廣為流傳。

## 走近名人

班伯，生卒年月不詳，東漢史學家、文學家班固的祖父。文士出身，在朝廷為官時，得知定襄的幾家大姓豪紳膽大妄為，不僅聚眾鬥毆，欺壓百姓，竟然還追殺官吏，班伯上奏皇帝，請求派自己去鎮守定襄。到任後，班伯用了非常的手段，果然把定襄治理的很好。

## 猜猜字謎

一女本屬狗（猜一字）（謎底見最後一頁）

## 知識小站

「下馬威」和「殺威棒」：「下馬威」原指官吏初到任時對下屬顯示的威風，後泛指一開始就向對方顯示自己的威力。今天，即可以把第一次見面出難題叫下馬威，也可以把官員初到任時，藉故嚴厲處分下屬，以顯示威風叫下馬威。「殺威棒」，在封建社會裏，被發配充軍的犯人到了邊鎮，為了殺殺他的氣焰，一般都是先打個十棍二十棍，這就是所謂的「殺威棒」。著此「殺威棒」後，即便是強壯之人，不養一兩個月也難得痊癒。

# 李鴻章不懂裝懂「出洋相」

清朝末年，中國的大門被列強們用大炮打開了。一些有眼光的中國人看到外國先進的技術和治國方式，於是紛紛提出向外國學習。於是，出國學習、考察一時間成了熱門話題。但是，因為對外國的情況，特別是風俗什麼的不太瞭解，所以，產生了許多笑話。

光緒年間，清朝的北洋大臣李鴻章出訪英國，在倫敦時，曾到英國已故將軍戈登的紀念碑前表示敬意。戈登的遺族家屬對此頗為感激，特將曾在各地競犬會上獲得一等獎的名貴愛犬贈送給李鴻章，以表感謝之情。不料，數日後，戈登家族收到李鴻章的一紙謝柬，大意是：感謝你們的厚意，但是我已經年老了，飲食不能吃得太多，你們贈送的美味很好吃，能夠吃到這樣的美味真是三生有幸。

原來這隻名貴的小犬，已被李鴻章燉狗肉吃了。這件事被記者捅到了報紙上，當地報紙一時大嘩，傳為笑柄。李鴻章不懂裝懂，出洋盡出醜相，當時的人們就把「出洋的醜相」概括為「出洋相」一詞流傳。

## ◑ 走近名人

李鴻章（1823-1901），安徽合肥人，本名章桐，字漸甫或子黻，號少荃（泉）。李鴻章六歲就進入家

館棣華書屋學習。他少年聰慧，先後拜名士為師，攻讀經史，打下扎實的學問功底。少有志向，曾寫下「丈夫隻手把吳鉤，意氣高於百尺樓。一萬年來誰著史，三千里外欲封侯。」的言志詩句，表達自己的遠大抱負。他是清朝淮軍創始人和統帥、洋務運動的主要倡導者之一、晚清重臣。李鴻章代表清政府和外國列強簽訂了一系列的不平等條約，所以一些史書上稱其為「賣國賊」。

## 猜猜字謎

休要丟人現眼（猜一字）（謎底見最後一頁）

## 知識小站

出洋相故事：清朝後期，朝廷派一些要員出國，瞭解國外的事情。但這些出國要員看上去滿腹經綸，但對外國的習俗一點不懂，所以在國外醜態百出，鬧出許多笑話。有這樣一個故事，駐英國使館的一個官員視財如命，令其夫人包洗使館全體上下人員的衣物，以謀取額外收入。洗後即把衣物在使館內外晾曬。一次，其夫人竟然把裹腳布掛在使館門前。英國人見白色長帶在使館門前隨風飄蕩，以為中國有何喪事，便派人來探問，才知道是裹腳布。隨行記者把它拍下來，見於報端，成為一大醜聞。

## 蘇東坡戲說方丈「勢利眼」

宋代有一個大文學家叫蘇東坡，有一次，他到一個寺廟裏遊玩。寺廟裏的方丈見他衣著樸素，以為也就是一般遊客，故而沒把他當回事。一般的，客人來了，寺廟裏都要招待一下，蘇東坡來到一個般的客廳後，方丈指著凳子對他淡淡地道：「坐！」然後對小沙彌道：「茶！」

蘇東坡坐下後，和方丈交談起來，經過一番談話，方丈發覺此人談吐不凡，非同一般，馬上把他引至大殿，客氣地對他說：「請坐！」又告訴小沙彌說：「敬茶！」

兩人又接著談了起來，方丈愈發感到蘇東坡才華橫溢，知識淵博，就問起客人的姓名。這才知道，面前坐著的，就是名揚天下的大文學家蘇東坡。

於是，方丈立即改變了一副面孔，點頭哈腰、笑臉相迎，把蘇東坡讓到一間文雅闊氣的客廳，畢恭畢敬地說道：「請上坐！」吩咐小沙彌：「敬香茶！」

臨走的時候，方丈要請蘇東坡給他寫點東西做留念。蘇東坡想了想，提筆寫道：「坐，請坐，請上坐；茶，敬茶，敬香茶！」

方丈看了這個楹聯，臉面無地自容。同是進廟的

遊客，由於身份不同，招待的態度、讓坐的地點，甚至敬茶的品質都不相同。因此，人們就把這一故事作為「勢利眼」的典型而傳為趣談。

## ◯ 走近名人

蘇東坡，即蘇軾（1037-1101）字子瞻，又字和仲，號「東坡居士」，世稱「蘇東坡」。眉州眉山（今四川眉山）人。蘇東坡幼年隨父讀書，深受父親苦學的影響。少年時就學通經史，二十歲時，蘇軾首次赴京參加朝廷的科舉考試。以一篇〈刑賞忠厚之至論〉獲得主考官歐陽修的賞識，卻因歐陽修誤認為是自己的弟子曾鞏所作，為了避嫌，使他得了個第二名。成年後，蘇東坡出去做官，進行詩詞書畫的創作，成為北宋著名散文家、書畫家、詞人、詩人，是豪放詞派的代表。

## ◯ 猜猜字謎

一日食不足（猜一字）（謎底見最後一頁）

## ◯ 知識小站

何謂「勢利眼」？勢利眼又稱「看人頭」。人與人交往中，不看本質，以官職、衣冠、錢財取人，媚富賤貧，趨炎附勢的勢利心態。有諺語說：「看見大，得拜拜；看見小，踏一腳」，就是對勢利眼的嘲諷。簡單地說，就是把眼睛一味盯著權勢，妄圖依附沾光。

# 朱元璋
# 數字大寫防貪污

　　貧寒人家出身的朱元璋，打下天，建立明朝。這個開國皇帝朱元璋對貪污腐敗深惡痛絕。可是明朝初年，卻發生過一起重大貪污案。曾任戶部侍郎（相當於現在的民政部長）的郭桓，在任職期間，勾結地方官吏，大肆貪污政府錢糧，貪污數額累計達兩千四百萬石精糧，幾乎和當時國家一年的秋糧實徵總數相等。這一大案牽涉十二個朝廷大臣和無數的地方官吏。朱元璋對此大為震驚，甚是憤怒，下令將郭桓及相關案犯全部斬首示眾。

　　之後，朱元璋就考慮怎樣減少貪污腐敗的問題。為了杜絕財務記帳上的混亂，朱元璋做了大量的調查，他發現，一些人貪污都是通過改寫帳目來實現的。比如，「一」可以改寫為「二」，還可以改寫為「十」等。於是，他對全國財政管理實行了一系列有效的措施，其中重要的一條就是把記載錢糧數位的漢字「一、二、三、四、五、六、七、八、九、十、百、千」改用「壹、貳、叁、肆、伍、陸、柒、捌、玖、拾、陌、阡」。

　　後來，人們在使用過程中，漸漸地把「陌、阡」改成了「佰、仟」。這一方法的實行，使得一些想改寫帳目的人沒了辦法，堵住了一些帳目管理上的漏洞，對鞏固新生的明朝政權，起到了一定的作用。這

些漢字大寫數字，一直沿用至今，並且在我國的經濟生活中起著重要的作用。

## ◯ 走近名人

朱元璋（1328-1398），明朝開國皇帝。原名重八，後取名元璋。濠州鍾離（今安徽鳳陽）人，出身於一個貧苦農民家庭。朱元璋自幼貧寒，父母兄長均死於瘟疫，孤苦無依。為了生活，入鳳陽城西門外皇覺寺為小沙彌，兼任雜工。入寺不到二個月，因荒年寺租難收，寺主封倉遣散眾僧，朱元璋只得離鄉遊歷外地。後來，朱元璋參加了農民起義軍，反抗元朝暴政，推翻了元朝的統治，建立了大明王朝。

## ◯ 猜猜字謎

因非得罪（猜一字）（謎底見最後一頁）

## ◯ 知識小站

漢字大寫數位的來歷另一說：今天，我們的經濟生活中，都要與數字打交道。比如到郵局匯款，去銀行辦理存款取款手續，金額都要使用漢字大寫，目的是防止金額塗改作弊。使用漢字大寫數位，一般的說法始於明朝。另一說是從唐代武則天時就開始了。有學者考證說，最早可見的大寫漢字，是在武則天的時候，壹、貳、叄、肆、伍、陸、漆、捌、玖等這些大寫漢字數字，是武則天造的字。如此說來，比朱元璋早了七百年。

# 楊立三 後勤部長造「餚」字

一九四一年春，由於日寇加緊了對抗日根據地的掃蕩，抗日根據地經濟遭到嚴重破壞，形勢嚴峻，抗日戰爭也進入了非常困難的時期，各種生活必需品價格飛漲。為保障八路軍軍工工生活需求，八路軍後勤部將以貨幣為單位計算工資的辦法改為以實物為單位計算。就是不管怎麼漲價，軍工們都發東西代替工資，這樣可以不受漲價的影響。

那麼，以什麼標準來發呢？當時主管八路軍後勤工作的楊立三同志左思右想，將「食」和「衣」相合，創造了一個新的會意漢字「餚」，以它作為新的工資計算單位。「一餚」所含的實物有：中等小米兩斤、中等小麥一斤、油鹽各五錢、中等白土布一方尺、中等家用煤一點五斤。此舉一出，軍工們的收入可免受物價波動影響，深受大家歡迎。這種以「餚」為單位計算工資的做法，後來也用於計算軍費。

《新華字典》對「餚」這個字的解釋是：「老解放區一種計算工資的單位，一 等於幾種實物價格的總和。」

## ◐ 走近名人

楊立三（1900-1954），湖南省長沙縣人，出生於長沙郊區一個貧苦農民家庭。十一歲入私塾、小學半

耕半讀。一九二〇年投入湘軍當文書，任過團司務長和軍需官。一九二七年九月參加秋收起義，成為革命軍隊中的一員。中華人民共和國成立以後，歷任中國人民解放軍總後勤部部長、中央人民政府食品工業部部長、全國財經委員會委員、中國人民解放軍財務部部長等職，為人民軍隊的後勤財務建設做出了卓越的貢獻。

◉ **猜猜字謎**

　　衣食不缺（猜一字）（謎底見最後一頁）

◉ **知識小站**

　　《新華字典》對「餞」這個字的解釋：「二十世紀四〇年代中國共產黨領導的老解放區一種計算工資的單位，一 等於幾種實物價格的總和。」

## 秦始皇 春秋各半合為「秦」

　　秦始皇當皇帝之前，秦字的寫法是「琹」，後來為什麼又變成「秦」呢？秦始皇在歷史上是個很出名的皇帝，也是個很殘暴的君主。秦國消滅六國後，他覺得自己不能再叫國王了，於是和群臣們商量要給自己起一個比「王」更好的稱號，群臣們覺得歷史上三皇五帝的名聲最響，於是就給秦始皇推薦了個始皇帝的稱號，因為他原是秦國的王，所以後來叫他秦始皇。

　　秦始皇做了皇帝後，就想自己怎麼才能永遠做皇帝，有一天忽然想到國號「琹」字，心裏一驚，暗叫不好，一把木椅上坐著兩個「王」，這不是好兆頭。俗話說：「天無二日，國無二君。」兩個王坐在一把木椅上，這不是要平分天下嗎！他想：這個字不行，要換掉這個字。於是，他找來群臣，問道：「從三皇五帝到如今，誰的業績和功勞最大？史書上有無記載？」

　　史官答道：「堯、舜、禹、商湯等功勞最大，這些事《春秋》上都有記載，但他們有功也有過，比不上始皇帝。」

　　秦始皇又問道：「從開天闢地至今，只有《春秋》這一部史書嗎？」

史官回答，只有一部《春秋》。

秦始皇邊聽邊想，靈機一動，何不把「春秋」兩個字各取一部分，作為本朝的名號來代替「琹」字呢？於是，秦始皇提筆在手，在竹簡上寫出個「秦」字，然後問群臣：「就用這個字取代『琹』字為國號如何？」

群臣哪個敢說不字，齊聲歡呼始皇帝聖明。於是「秦」字就誕生了。

### ◑ 走近名人

秦始皇（西元前 259-西元前 210 年）名政，嬴姓。中國古代傑出的政治家、軍事統帥。戰國末期秦國君主、首位完成中國統一的秦王朝的開國皇帝。嬴政十三歲時即王位。二十二歲時，舉行了國君成人加冕儀式，開始「親理朝政」，先後滅韓、趙、燕、魏、楚、齊六國，三十九歲時完成了統一中國大業，建立起一個以漢族為主體統一的中央集權的強大國家——秦朝。秦始皇是中國歷史上第一個使用「皇帝」稱號的君主，也是中國歷史上罕見的封建專制暴君。

### ◑ 猜猜字謎

半部春秋（猜一字）（謎底見最後一頁）

### ◑ 知識小站

什麼是西元前？西元前就西元元年以前。西元元年，就是以西元紀年最開始的那一年。西元是個紀年法，以耶穌基督誕生那一年作為西元元年，也就西元開始那一年。在我國，二十世紀之前都不用公元紀年法，而

是用皇帝年號紀年法，比如說：貞觀八年、康熙六年等。西元元年相當於我國西漢平帝元始元年。在這一年之前的叫西元前。今天，我們在書上看到我國過去的年代時，一般都在後邊標注上西元的年代，比如貞觀八年（634），這主要是和現在的紀年相吻合。

四

猜字謎篇

人物譜

陸　游·南宋著名的詩人，一生創作了大量的詩詞，反映了人民疾苦，表現出
　　　　強烈的渴望國家統一的情感。

唐伯虎·明朝著名的畫家。自幼聰明伶俐，熟讀四書五經，並博覽史籍，十六
　　　　歲秀才考試得第一名，轟動了整個蘇州城，後因科場舞弊案受牽連，
　　　　從此不再追求功名，以賣畫為生。

鄭成功·明末清初軍事家，民族英雄。清兵入關後，鄭成功起兵抗清。後與南
　　　　明大臣張煌言聯師北伐，震動東南。鄭成功進軍臺灣，趕走荷蘭殖民
　　　　主義者，收復臺灣。

# 何瑭
## 「天心取米」各加一筆退敵

　　這是一個演義的故事：明朝的時候，有一年，蒙古的大軍要進攻中原，遣人先送來一張「戰表」。皇上命人拆開一看，「戰表」上只寫了「天心取米」四個大字。這是什麼意思？皇上和滿朝文武大臣沒人能解得此謎。有人建議張榜招賢，於是皇上命人貼出了招賢榜，說有誰能破解這幾個字的意思，皇上給予重用。

　　這時，有一個叫何瑭的小官員說，他知道是怎麼回事，皇上急宣何瑭上殿。何瑭指著「戰表」上的四個字對皇上說：「天者，吾國也；心者，中原也：米者，聖上也。天心取米，就是要奪我國江山，取君王之位。」皇上著急了，問應該怎麼辦呢？何瑭說他自有退兵之計。於是，他提筆在手，在「戰表」的四個字上各添了一筆，原信退給了送戰表的人。

　　蒙古的領兵元帥以為中原沒人能解開此謎，可是拆開一看，頓時大驚失色，急令退兵。原來，何瑭在「天心取米」四個字上各加一筆後，變成了「未必敢來」，蒙古的元帥覺得中原有人才，所以，帶領大軍撤退了。

◎ 走近名人

　　何瑭（1474-1543）字粹夫，號柏齋，懷慶府（今

河南焦作武陟）人。何瑭少年時就很有志向，並努力學習。明弘治十四年
（1501）中河南鄉試第一名，次年進京參加會試和殿試，進士及第，歷任
翰林院庶吉士、正卿、戶部右侍郎等職，官至三品。告老還鄉後，成立
「景賢書院」，設館講學，著書立說，著有《柏齋文集》、《陰陽管見》、《兵
論》等。

## 猜猜字謎
一箭穿心（猜一字）（謎底見最後一頁）

## 知識小站
戰表與降書：我們在聽或者看一些古代戰爭題材的小說時，經常聽到
戰表和降書這兩個名詞。戰表，也叫戰書，是敵對一方向另一方提出交戰
的文表。古時候，兩軍交戰，一般要先給對方一個戰表，也就是下戰書，
向對方挑戰，講明什麼時候開戰等內容。降書，是指表示投降的文書。兩
國或者兩軍交戰，一方打不過對方，表示自己一方認輸，願意投降而給對
方寫的投降文書。

## 曹操「一盒酥」拆開讀

三國時期，曹操收到一個外地的使者送來的一盒酥（酥，用牛羊奶製成的食物，如酥酪，酥油等），曹操看了看沒說什麼，提筆就在盒上寫了「一盒酥」三個字放在那裏，周圍的人不知道什麼意思，大家也都拿起來看了看後，又放在那裏裏了。

曹操出去後，主薄（也就是秘書）楊修進來了，拿起來那盒酥看了看，便招呼大家把整盒酥吃了。大家開始還不敢，說能行嗎？那是送給丞相的。楊修打保票說：「大家儘管吃，丞相若怪罪，一切由我擔著。」

過了一天，曹操看到那盒酥沒了，問哪去了，大家說楊修給大家分著吃了。曹操就問楊修為何這樣做，楊修回答說：「明明是丞相讓我們大家一起吃了的。」曹操問：「何以見得？」楊修說：「丞相在盒上寫了一盒酥，那不就是寫明『一人一口酥』嗎，丞相之命我們怎敢違反？」曹操聽了笑笑不語。

原來，古人是豎著寫字的，「一合酥」把「合」字拆開，即「一人一口酥」。楊修理解了曹操的意圖，所以，才敢讓大家分著吃那盒酥。

## ◎ 走近名人

　　曹操，字孟德，小字阿瞞，漢族，沛國譙（今安徽亳州）人。中國東漢末年著名的軍事家、政治家和文學家。曹操年少時，機智警敏，任性好俠、放蕩不羈，有隨機權衡應變的能力。後來，趁天下大亂之際，發展自己的勢力，為統一全國，曹操一生征戰，是三國時代魏國的奠基人和主要締造者，後稱魏王。著《孫子略解》、《兵書接要》、《孟德新書》等書。

## ◎ 猜猜字謎

　　一日一歌（猜一字）（謎底見最後一頁）

## ◎ 知識小站

　　丞相的官職：丞相是中國古代皇帝的主要助手。典領百官，輔佐皇帝治理國政。丞相制度起源於戰國。秦國從秦悼武王開始，設左、右丞相，甘羅十二歲拜丞相。但有時也設相邦，呂不韋就做過此職。秦統一後只設左、右丞相。西漢初只設丞相，著名的丞相是蕭何。丞相這個職位以後多次改名，比如「相國」、「司徒」、「大丞相」、「宰相」、「中書令」、「參知政事」等。明太祖朱元璋在殺了丞相胡惟庸後廢除丞相制度。以後到清朝也沒有再設丞相的職位。

## 端木蕻良菜館懸謎生意興

抗日戰爭時期，我國著名的作家端木蕻良住在廣西桂林。一天，住所旁邊開了一家川菜館，開張前一天，店老闆託人找到端木蕻良幫助自己制個字謎。開張那天，在門口貼了一張大紅告示，上面寫道：「本店主燈謎候教，猜中奉送川菜一桌。」此舉目的自然是為招徠更多的顧客。

果然，許多人在看了告示後都紛紛湧進菜館。只見堂內高懸一謎：「文」，打《紅樓夢》人名一。謎語旁還有附言：猜中者不但可得川菜一桌，而且能獲制謎者端木蕻良親筆贈詩一首。原來制謎的是著名作家端木蕻良，猜謎的人興趣更大了，但猜了好一會兒，有一位客人說他猜中了。

菜館的老闆說：「但說無妨！」於是這個客人說：是「晴雯」。菜館的老闆說「猜對了！」並帶頭為為這個客人鼓掌。菜館裏也隨之熱鬧起來。只聽菜館老闆高聲說：「大家靜一靜，請端木蕻良先生贈詩一首。」

原來，端木蕻良當時就坐在店裏，但是客人們都不認識他。客人們聽說大作家在此，又響起了掌聲。看見有人猜中，端木蕻良也很是高興，向大家抱拳施禮。當即揮毫書寫一詩贈之，詩曰：

未到巫山已有情，空留文字想虛名。

可憐一夜瀟湘雨，灑上芙蓉便是卿。

猜中謎語的客人一看，這首詩也是此謎的謎面。十分高興，欣然接過，並作揖稱謝。

## ◯ 走近名人

端木蕻良（1912-1996），滿族，原名曹漢文、曹京平，遼寧省昌圖縣人，端木蕻良是筆名。現代著名作家、小說家。一九二八年入天津南開中學讀書。一九三二年考入清華大學歷史系，一九三三年加入「左翼作家聯盟」，同時開始文學創作活動，發表小說處女作《母親》。主要作品有長篇小說《科爾沁旗草原》、《曹雪芹》等。

## ◯ 猜猜字謎

撮土為墳（猜一字）（謎底見最後一頁）

## ◯ 知識小站

晴雯，是《紅樓夢》的主要人物，服侍賈寶玉的四個大丫鬟之一。她風流靈巧，口齒伶俐，針線活尤好。聰明過頂，個性剛烈，反抗性極強，敢愛敢恨。她的反抗，遭到了殘酷報復。王夫人在她病得「四五日水米不曾沾牙」的情況下，從炕上拉下來，硬給攆了出去。很快，她就悲慘死去了。

## 王吉甫 用謎破謎顯高手

北宋時，有個官員叫王吉甫，他經常與好友——北宋政治家、文學家王安石一起談論詩文。王吉甫是個非常喜歡動腦筋之人，又是猜謎語的高手，在京城一帶十分有名。

有一天，王安石對王吉甫說：「我昨天晚上睡不著覺時，想了條字謎，請你猜猜。」

王吉甫很高興：「好啊，你說說看！」

王安石說字謎是這樣的：「畫時圓，寫時方，冬時短，夏時長。你猜是什麼字？」

王吉甫略一思索，便猜中了，他沒有說出謎底，也用謎語的形式回答王安石道：「東海有條魚，無頭也無尾，更除脊樑骨，便是你的謎。」王安石聽了，大笑說：「你猜對了！」

原來，這個謎底是個「日」字。

### ◑ 走近名人

王吉甫，生卒年不詳，字邦憲，同州（今陝西渭南市大荔縣）人。王吉甫少年時學習非常用功，學習經書，知曉各種律法，成年後為官，曾參加不少案件的審理工作，曾做過為大理寺評事、刑部員外郎、大

理寺少卿等職，負責案例審理工作。王吉甫為人正直，所審案件均能安法律來辦，受到當時人們的好評。

## ◖ 猜猜字謎

謎面空白無字（猜一字）（謎底見最後一頁）

## ◖ 知識小站

字謎，是我們常見的一種文字遊戲，也是漢民族特有的一種語言文化現象。它主要根據方塊漢字筆劃繁複、偏旁相對獨立，結構組合多變的特點，運用離合、增損、象形、會意等多種方式創造的。猜字謎就要有制謎人和猜謎人，顧名思義就是制謎人造謎，謎一定要巧妙，然後由猜謎人解謎。字謎流傳面廣，種類繁多，變化無窮。

# 唐伯虎「百無一是」論花好

　　明朝才子祝枝山家的院子裏有個大花園，有一年，正當牡丹盛開時，祝枝山請好友唐伯虎、文徵明等前來賞花。

　　大家正在賞花之際，祝枝山提出每個人從牡丹中評出最佳的一株為花中之魁。頓時，眾說紛紜，有的說紅的那枝，有的說紫的那枝，有的說白的那枝，大家議論不下，都請評花高手唐伯虎發表高見。唐伯虎卻微微一笑說：「百無一是。」大家一聽都很驚奇，覺得唐伯虎這樣評論有點太狂傲了，人家好心請你來賞花，怎麼能說人家的花「百無一是」呢！

　　可是，祝枝山聽了，不但沒表現出絲毫不悅，反而讚歎唐伯虎「高見，高見！花中自無一是。」原來，唐伯虎是給大家出了個謎，祝枝山猜中了。祝枝山呢，沒有明說謎底，也用一個謎來說解釋唐伯虎的謎。眾人開始不解，說：「你們兩個人都說的什麼啊？」

　　原來，「百無一是」「百」字去掉上面的「一」是個「白」字，「自無一是」，「自」去掉一橫也是「白」字。唐伯虎與祝枝山二人都認為白牡丹最佳。

## ◐ 走近名人

　　唐伯虎（1470-1523），名寅，字伯虎，一字子畏，號六如居士等，明朝吳縣（今江蘇蘇州）人。明朝著名的畫家。自幼聰明伶俐，熟讀四書五經，並博覽史籍，十六歲秀才考試得第一名，轟動了整個蘇州城，二十餘歲時家中連遭不幸，家境衰敗，在好友祝枝山的勸說下潛心讀書。二十九歲參加科舉考試，得中第一名「解元」。後因科場舞弊案受牽連，從此不再追求功名，以賣畫為生。與祝枝山、文徵明、徐禎卿並稱「江南四才子」。

## ◐ 猜猜字謎

　　九十九（猜一字）（謎底見最後一頁）

## ◐ 知識小站

　　唐伯虎把畫當窗。唐伯虎小時候，繪畫才能超出一般。曾拜大畫家沈周門下學習繪畫。唐伯虎學習刻苦勤奮，很快掌握繪畫技藝，深受沈周的稱讚，這也使他漸漸地產生了自滿的情緒，沈周看在眼中，記在心裏。一次吃飯時，沈周讓唐伯虎去開窗戶，唐伯虎去推一扇窗，推了一下沒有推開，又推了一下還是沒開，仔細一看才發現自己手下的窗戶竟是老師的一幅畫，唐伯虎非常慚愧，從此更加潛心學習。

## 蔡邕「黃絹幼婦，外孫齏臼」評碑文

東漢的時候，有一個叫曹娥的姑娘，因父親淹死在江中未找到屍體，心中十分悲痛，便投江自盡了。當地官府上奏朝廷，表彰曹娥為孝女，並給她立了一塊石碑，名叫「曹娥碑」。並請才子邯鄲淳寫作碑文，據說，邯鄲淳當時也只有十三歲，文章寫得特別好，文不加點，一揮而就。這件事，在文人學士們中間廣為傳播。

當時的文學家蔡邕聽說了這件事，路過那裏時，便前往觀看，可是趕到地點時天已經黑了，又沒有照明的東西，蔡邕便用手摸著碑文讀，讀完之後，在碑的後面寫了八個字的批語：「黃絹，幼婦，外孫，齏臼。」許多人看到蔡邕的批語都很感奇怪，不解其意。

過了若干年，有一個將軍從碑旁經過，看到了蔡邕的題字，一時也不解其意，便問隨行人員，你們有誰知道這是什麼意思？軍中的一個謀士看了後，臉上露出得意之情。將軍見了問：「難道你知道是怎麼回事了？說出來讓我們大家聽聽！」

謀士對將軍說：黃絹，是帶顏色的絲，色絲合一是「絕」字；幼婦，是年少的女子，少女合一是「妙」字；外孫，是女兒之子，女子合一「好」字；齏臼，是一種接受辛辣之物的器具，受辛合一「辭」字（辭

的古體字左邊是個「受」字，右邊是個「辛」字，所以這樣說）。總合起來是『絕妙好辭』四個字，是讚美碑文寫得好。

將軍和眾人聽了，連連稱道：「說的有理！說的有理！」

## ◖ 走近名人

蔡邕（133-192），字伯喈，陳留（今河南省開封市陳留鎮）人，東漢文學家、書法家。漢獻帝時曾拜左中郎將。是三國時期著名才女——蔡琰（蔡文姬）之父。漢獻帝時，董卓強迫他出仕為侍御史，官左中郎將。董卓被誅後，為王允所捕，死於獄中。他的辭賦以《述行賦》最知名。

## ◖ 猜猜字謎

二八佳人（猜一字）（謎底見最後一頁）

## ◖ 知識小站

曹娥碑的故事：相傳，東漢時期，舜江岸邊有個不知名的小漁村，村裏有一戶姓曹的人家，有個女兒叫曹娥，是個遠近聞名的孝女。曹娥的父親在一次在江上紀念活動中不幸失足墜江。時年十四歲的曹娥聞訊後，沿江尋找父親，哭聲不絕，尋父屍不得後，也投江而死。過了幾天，她身背父屍，浮出江面。後人為她的孝行所感動，把她埋在江邊。並建廟立碑紀念，這就是曹娥廟。後人又將她所居住的村鎮改名為曹娥鎮，將舜江改名為曹娥江。今天，曹娥廟號稱江南第一廟，每逢曹娥的投江忌日，曹娥廟都是遊人如織，到這裏來祭奠。

# 魯班「六橫九豎」考孔子

孔子很器重弟子顏回，顏回也很想幫助老師著書立說。可是，那時候，字都刻在竹板上，這樣的竹板叫竹簡。顏回沒掌握刻字的技術，書刻得很慢，為此，他很著急。這個進度，什麼時候才能把老師的書刻出來呢？於是，他就請來當時有名的木匠魯班幫他刻。魯班手藝高超，他一邊聽顏回念，一邊刻，這樣速度很快，時間不長，就把準備的竹板都刻完了。休息的時候，魯班和顏回說起孔子，顏回盛讚自己的老師學問很高，魯班聽了，就想難為一下孔子，於是他說：「孔子學問高，我刻個字他若認得，我也拜他為師。」因為竹板都用完了，魯班就用嘴說一下：「豎刻六下橫刻九下。」顏回聽了，想了半天也沒想出是什麼字，就去請教孔子。

孔子想了想，問顏回，魯班要答案給沒給期限。顏回說，魯班臨走時只伸了三個指頭。孔子問：「三年？」顏回搖搖頭說：「不能這麼長吧！」「那麼是三個月吧？」「那也太長吧！」孔子說：「那他是叫我們在三日內回答他吧！」

第三天，魯班又來了，提起那個字的事，問顏回：「你的老師猜到沒有？」顏回說，不知道猜沒猜到，魯班說：「孔子是怎麼說的呢？」顏回把他同孔子的對話從頭至尾講了一遍。魯班說「你老師孔子到

底是學問高，猜對了。」

可顏回仍然蒙在鼓裏，老師也沒說猜出了什麼字啊，魯班怎麼就說猜出來了呢？實際上，這是個「晶」字，孔子沒有直接說出這個字，但提示顏回說「三日」，三個日加一起就是「晶」字。

## ◯ 走近名人

魯班（前 507-前 444 年），姓公輸，名般。又稱公輸子、公輸盤。魯國人。「般」和「班」同音，古時通用，故人們常稱他為魯班。魯班生活在春秋末期到戰國初期，出身於世代工匠的家庭，從小就跟隨家裏人參加過許多土木建築勞動，逐漸掌握了生產勞動的技能，積累了豐富的實踐經驗。魯班是我國古代的一位出色的發明家，我國的土木工匠們都尊稱他為祖師。

## ◯ 猜猜字謎

白髮無端日日生（猜一字）（謎底見最後一頁）

## ◯ 知識小站

竹簡與木牘，古代用以書寫、記事的竹片叫竹簡；用木板做的記事木片叫木牘，古時候，它們全稱「簡牘」。在我國古代，早期的文字都是刻在甲骨和鐘鼎上，由於其材料的局限，難以廣泛的傳播，所以直至殷商時期，掌握文字的仍只有上層社會的很少的人。直到西周時期才出現簡牘，到春秋戰國時使用更廣。後來，由於紙的發明和廣泛使用，簡牘才為紙抄

本所代替。竹簡是我國歷史上使用時間最長的書籍形式，是造紙術發明之前以及紙普及之前主要的書寫工具。

# 佛印

## 啞謎智答蘇東坡

　　北宋文學家蘇東坡和他的好友佛印和尚兩人親密無間，常常開一些玩笑。

　　有一次，兩人泛舟一條河上，二人邊聊邊走，忽然，蘇東坡看見河邊有一隻狗在啃骨頭，於是計上心來，想作弄一下佛印。他用扇子指著正在啃骨頭的狗，叫佛印看，臉上頗有得意之色。佛印一看那啃骨頭的狗，又看看蘇東坡那得意的臉色，就知道蘇東坡又在罵他。佛印心中一轉，於是就把手中那把蘇東坡贈與他的扇子丟進河裏，這把扇子上題有蘇東坡的詩。蘇東坡看見佛印如此舉動，馬上就心領神會了，臉上原來的得意之色也就煙消雲散了。

　　為什麼兩個人誰也沒說話，卻都理解了對方的意思呢？原來，他們這是打啞謎，蘇東坡叫佛印看河邊那條啃骨頭的狗，其實是給佛印出了一條罵佛印的上聯：狗啃河上（和尚）骨。佛印把題有蘇東坡詩句的扇子丟進河裏，不但回接了東坡的上聯，還把蘇東坡也罵了回去：水流東坡詩（屍）。

## ◐ 走近名人

　　佛印（1032-1098），宋代僧人。江西浮梁人，俗姓林。法名了元。據說，佛印三歲能誦《論語》，五歲能誦詩三千首，被稱為神童。與蘇東坡相交頗深，

常相往來，宋神宗欽仰其道風，贈號「佛印禪師」。

## ◖◗ 猜猜字謎

撒尿（猜一字）（謎底見最後一頁）

## ◖◗ 知識小站

豪放派，中國宋詞風格流派之一，與婉約派並為宋詞兩大詞派，是兩種不同的詞風風格。豪放的作品氣度超拔，不受羈束。特點是創作視野較為廣闊，氣象恢弘雄放，喜用詩文的手法、句法寫詞，語詞宏博，用事較多，不拘守音律。豪放派詩不僅描寫花間月下、男歡女愛，更喜攝取軍情國事那樣的重大題材，使詞能像詩文一樣地反映生活，所謂「無言不可入，無事不可入」。蘇軾、辛棄疾都是豪放派的代表。

# 鄭成功「招賢橋」上擺啞謎

收復臺灣的民族英雄鄭成功為招攬賢士，宣傳鼓動更多的群眾參加抗清義軍，在一座橋上擺了個啞謎：他叫人在橋上擺一張桌子，桌面寫著「招賢」二字，桌上還放著清水一碗，寶劍一把，以及已熄滅的蠟燭一支，旁邊還放著取火用的火石和火絨。並發出公告，猜中此啞謎者，可授予軍官的職務。

別說，這一招還真有用。此招賢謎擺出後，吸引了遠近的許多人來看熱鬧，但許多人仍摸不清這樣布置的招賢謎陣究竟要幹什麼？三天過去了，啞謎還是不能揭開。鄭成功的屬下勸他改用別的方式來招賢，鄭成功說：「八閩多雄傑，豈無真英才！」意思是說，福建這個地方有許多豪傑，怎麼能沒有真英雄呢，等一等吧。果然，又過了幾天，一個壯實的漢子伸手揭下招賢榜，走到方桌前端詳了一會兒，看了看桌上的擺設，略略思索了一會，把瓷碗一下反扣在桌上，清水灑了一地。接著拿起火石和火絨，不慌不忙地打火點燃了蠟燭。接著，他又拿起寶劍，對著那扣著的碗狠狠地劈過去，同時高呼了四個字。周圍許多想投軍的青壯年和圍觀的人群，頓然領悟，也一齊跟著高呼，紛紛報名參加鄭成功的隊伍。

原來，鄭成功的啞謎是反清復明的意思，那個漢子高呼的四個字正是「反清復明」。後來，這個漢子

從軍後，成為一員英勇善戰的將領，人們把鄭成功招攬賢士的這座橋叫「招賢橋」。

## ◐ 走近名人

　　鄭成功（1624-1662），明末清初軍事家，民族英雄。本名森，又名福松，字明儼，號大木，福建省南安市石井鎮人。清兵入關後，鄭成功起兵抗清。後與南明大臣張煌言聯師北伐，震動東南。北伐失敗後，鄭成功進軍臺灣，趕走荷蘭殖民主義者，收復祖國領土臺灣。鄭成功以收復臺灣的業績載入史冊，海峽兩岸均立像樹碑紀念他。

## ◐ 猜猜字謎

　　手持單刀一口（猜一字）（謎底見最後一頁）

## ◐ 知識小站

　　火鐮、火石、火絨，古代生火的工具。火鐮是一種早期取火工具，與火石、火絨配合可以人工取火，因其擊石取火用的鐵條形似鐮刀而名。火石也稱燧石，是堅硬的石條或石塊，形大邊棱不規則，與鋼鐵碰擊會迸發出火星。火絨是用蒲絨棉絮等易燃物沾硝或硫磺而成，一沾火星就可點燃。自煉鐵術發明以後至火柴發明之前的幾千年以來它們一直是人類主要的取火工具。

# 陸游

# 出謎教子要自強

　　南宋傑出愛國詩人陸游，年輕時為國家收復失地而奔忙。晚年時，陸游雖然閒居老家越州山陰（今浙江紹興）一帶，但還時時掛念國家大事。

　　一年，陸游的次子陸子龍赴吉州（江西吉安）任職，陸游為兒子餞行。酒宴上，他諄諄告誡兒子，要愛國愛民，自立自強。說到興奮處，陸游吟出四句詩來來告誡兒子：

　　頭戴四方帽，身背一張弓，問君何處去，深山捉大蟲。

　　陸游的兒子才思敏捷，很快就理解了父親的詩的含義，馬上向父親鞠了一躬：「父親，孩兒一定銘記您老人家的教誨。自強自立，為國家為民眾多盡心盡力。」

　　陸游的四句詩告誡兒子的是什麼呢？原來，這四句詩說的是一個謎語的謎面，謎底是「強」字。

## ◖ 走近名人

　　陸游（1125-1210），字務觀，號放翁。越州山陰（今浙江紹興）人。南宋詩人。少年時即受家庭中愛國思想薰陶，中年時投身軍旅生活。晚年退居家鄉，但收復國家失地的信念始終不渝。陸游一生創作了大

量的詩詞，內容豐富，抒發政治抱負，反映人民疾苦，批判當時封建統治的屈辱求和政策，表現出渴望國家統一的強烈感情。著有《劍南詩稿》、《老學庵筆記》等。

## ◑ 猜猜字謎

身邊一張弓，口叼一條蟲，若知為何人，莫人敢不從（猜一字）（謎底見最後一頁）

## ◑ 知識小站

古人的字和號。現在的人，大多數有「名」，無「字」，所以當我們說到「名字」的時候，通常指的僅僅是人的名，或姓名。可是，在古代，多數人，尤其是做官的和知識分子既有「名」又有「字」，有些人名、字之外還有「號」。「號」是人的別稱，所以又叫「別號」。號的實用性很強，除供人呼喚外，還用作文章、書籍、字畫的署名等。比如，本故事中的陸游，名游，字務觀，號放翁，所以，有些地方也稱他為陸放翁。

## 五 用字不慎惹禍篇

### 人物譜

**左宗棠**・晚清重臣，軍事家、政治家。左宗棠少時屢試不第，轉而留意農事，遍讀群書，鑽研兵法，後來成為清朝著名大臣。

**洪秀全**・太平天國創建者，稱「天王」。生於耕讀世家，熟讀四書五經。因屢試不第，看透了清政府的腐敗，在家鄉創建「拜上帝教」，領導太平天國起義，反抗清王朝的統治。

**楊　修**・東漢末期文學家，非常有才華，曾任曹操主簿，四十五歲時被曹操殺害。

## 左宗棠因錯認一字罷縣令

清末，左宗棠任兩江總督時，原湘軍中一個姓武的部下來看他，此人性情憨直，作戰勇敢，左宗棠舉薦他任華亭縣令。武某是行伍出身，墨水喝得不多。

有一次，縣裏組織才子們考試，大概就是考秀才之類的吧。上級發下試題後，他怕試題洩露了，於是，將試題藏在自己的靴筒裏。臨考當天，卻忘記試題藏在哪裏了，怎麼找也找不著，急得滿頭大汗。他手下人師爺說：「老爺，你回憶一下，或許能想起試題內容來。」他想了半天說：「我只記得有一個『馬』字」。

由於當時考試內容都以《四書》為準，只是一個寫作文的題目，師爺就翻遍《四書》，找了半夜，終於找出了幾句「至於犬馬」、「百姓聞王車馬之聲」等幾條，縣令說：「不對呀，『馬』字是最前頭一個字。」於是，師爺又找到了「馬不進也」，縣令說：「還是不對，我記得字數比這個字多。」這下師爺為難了，眼看考生要進考場了，縣令急得團團轉，不知如何是好。

後來，有一差役說：「老爺，您在自己身上找一找，是不是放在身上哪兒了。」這一提醒，縣令才猛然想起藏在靴筒裏了，忙找出來，眾人一看，是「焉

知來者之不如今也」。眾人也不敢笑，急忙拿著試題進考場。

後來，此事反映到總督府，左宗棠覺得自己用人不當，就寫了一首打
油詩：

焉作馬時馬當焉，恰似當年跨馬前。
衝鋒陷陣猛於虎，何必薦其弄筆尖。

於是罷了武姓的縣令一職，又調他回軍中去了。

## ◐ 走近名人

左宗棠（1812-1885），漢族，字季高，一字樸存，號湘上農人。晚清
重臣，軍事家、政治家、著名湘軍將領，洋務派首領。左宗棠少時屢試不
第，轉而留意農事，遍讀群書，鑽研輿地、兵法。後竟因此成為清朝後期
著名大臣，官至東閣大學士、軍機大臣，封二等恪靖侯。一生經歷了湘軍
平定太平天國運動，洋務運動，鎮壓陝甘回變和收復新疆等重要歷史事
件。

## ◐ 猜猜字謎

小倆口一來就吵嘴（猜一字）（謎底見最後一頁）

## ◐ 知識小站

湘軍，湘軍是晚清時對湖南地方軍隊的稱呼，或稱湘勇。湘是湖南的
簡稱，所以，稱湖南的地方軍隊為湘軍。太平天國運動興起後，清朝正規

軍無法抵禦，不得不利用地方武裝，於是，在湖南的曾國藩拉起一支人馬，湘軍就是在這時發展起來的。湘軍在鎮壓太平天國運動的活動中起到了非常重要的作用。

# 查嗣庭亂用「維止」而獲罪

清朝雍正時期，文字獄盛行。有一個叫查嗣庭大臣，主持江西的科舉考試，任考試的主考官，他所出的題目是「維民所止」，讓考生們以此為題作文。考試過程中一切順利。

考試結束後，他手下有一個人，因為平日裏對他不滿，看到這個題目後，就去朝廷告發他，說他用「維止」二字做試題，是影射「去雍正二字之首」。

要去皇帝的頭那還了得，那是謀反的大罪。雍正皇帝得知後大怒，命令將查嗣庭抓捕入獄。結果，這個查嗣庭本來就是一個膽小的人。可憐的他，連申冤的話還沒來得及說上一句，這一下連驚帶嚇，就死於獄中。

死了也是大罪呀，雍正皇帝對死後的查嗣庭也沒放過，命人用亂刀砍了他的屍體，把他的家人或處斬或流放到外地。

## ◗ 走近名人

查嗣庭（？-1727）清朝大臣。字潤木，號橫浦，浙江海寧袁花人，進士出身，授翰林院編修，得大臣隆科多賞識，累官至內閣學士兼禮部侍郎。雍正四年（1726），出為江西鄉試主考官。雍正帝為剷除隆科

多一派的勢力，藉口他所出的試題「諷刺時事，心懷怨望」，抄家查出的日記中「語多悖逆」，大興文字獄，將其逮捕，定為隆科多死黨。獄中病死後。著有《晴川閣詩》。

## ◖ 猜猜字謎

出賣續集趕春集（猜一字）（謎底見最後一頁）

## ◖ 知識小站

什麼是文字獄？文字獄是指封建社會統治者迫害知識分子的一種冤獄。皇帝和他周圍的人，故意從作者的詩文中摘取字句，羅織成罪，嚴重者會因此引來殺身之禍，甚至連家人和親戚都受到牽連，遭滿門抄斬乃至株連九族的重罪。文字獄歷朝都有，但以清朝最多，據記載，僅莊廷鑨《明史》一案，「所誅不下千餘人」。從康熙年間到乾隆年間，就有十多起較大的文字獄，被殺人數之多可想而知。

# 胡中藻
## 「濁清」不分定大罪

　　清朝時，乾隆即皇帝位後，文字獄更加嚴密和頻繁。有一個翰林學士叫胡中藻，寫了一首詩，其中有一句詩曰：「一把心腸論濁清」。有人到皇帝那裏告密，說他的「濁清」是想讓大清朝混濁起來。乾隆皇帝聽後大發雷霆，讓人把胡中藻抓到朝堂上來。乾隆皇帝怒氣衝天地問他：「加『濁』字於國號『清』字之上，是何肺腑？」胡中藻一時嚇得面如土色，早就十魂丟了九魂半，那裏還敢解釋，只有跪地磕頭，說自己該死的份了。乾隆皇帝更生氣，下令把他和他的老師、家人、朋友全都殺了。就這樣，胡中藻因一「濁」字被殺，並累及了那麼多無辜的人，乾隆皇帝製造了天下奇冤。

### ◑ 走近名人

　　胡中藻（？-1755），是江西新建人，號堅磨生，乾隆六年（1741）進士，官至內閣學士，為當時首輔大臣鄂爾泰門生。因為鄂爾泰與大學士張廷玉有矛盾，各立朋黨，互相傾軋，為乾隆帝所惡，因文字獄獲罪而死。

### ◑ 猜猜字謎

　　晴轉陰有雨。（猜一字）（謎底見最後一頁）

◑ **知識小站**

　　為什麼清朝文字獄較多？清朝的皇帝是滿族人，所以清朝初年，滿漢之間存在著一定的民族矛盾。一些漢族知識分子不滿清室的壓迫，他們有借文字發洩憤恨的情況；也有一些明末遺臣故老著書立說，時而流露出對故國山河的思念。清朝統治者對這個問題很敏感，為加強思想統治，防微杜漸，一旦發現就嚴厲打擊。到後來變得神經質，又加之官場矛盾，於是發生了一連串的文字獄。許多案件都是無根無據，捕風捉影的事，許多人被無辜濫殺。

## 徐述夔

## 「清風不識字」，連累一千人

　　清朝時，徐述夔少有才名，他自己也覺得是狀元的料，後來參加科舉考試卻沒有考上，因此滿腹牢騷。他在自己家裏建了一個房子，起名叫一柱樓，在樓上掛了一幅紫牡丹圖，並題詩曰：「奪朱非正色，異種也稱王。」他為一柱樓寫了首詩，叫一柱樓詩，詩中有「明朝期振翮，一舉去清都」兩句。夏天的時候，自己的書有些，拿到外邊去曬一曬，風吹書頁，他憤然寫詩道：「清風不識字，何必亂翻書！」喝酒時，見酒杯底部有萬曆年號，便寫詩說：「復杯又見明天子，且把壺兒擱半邊。」晚上聽到老鼠嚙咬衣服，恨得直罵，又寫詩到：「毀我衣冠皆鼠輩，搗爾巢穴在明朝。」

　　徐述夔死後，有朋友把他的詩編輯成詩集印刷，這下，他的這些言行被人發現，遭到舉報，乾隆皇帝大怒，下令將已死的徐述夔及其子徐懷祖剖棺戮屍，他的孫子以及校編他的詩集者都被處斬。不僅如此，他家所在地江蘇的一批官員，因為沒能及時發現他的言行也被革職查問。一個叫沈德潛的文人曾經為徐述夔作傳，稱讚其品行文章，也被捕處死。真是冤案一大堆啊。

## ◑ 走近名人

徐述夔（1701-1763），原名庚雅，字孝文，出生於今江蘇南通市一鄉紳家庭。他自小聰明好學，十七歲時就參加童試，以出色的文才連闖縣試、府試、院試三關，後又考中舉人。按照當時的規定，中舉的答卷必須送往京城由朝廷文臣過目。徐述夔答卷上「禮者，君所自盡也」中的「自盡」二字被認為「不敬」，有譏諷朝廷之意，因此徐述夔遭到了停考進士的懲罰。心灰意冷的徐述夔從此待在家裏，靠著書吟詩度日，因文字獄而為家族和自己的作品帶來滅頂之災。

## ◑ 猜猜字謎

幾多是非惹氣生（猜一字）（謎底見最後一頁）

## ◑ 知識小站

清朝最大的的文字獄：清康熙年間，清代文學家戴名世的弟子尤雲鶚把自己抄錄的戴氏古文百餘篇刊刻印刷。由於戴氏居南山岡，遂命名為《南山集偶抄》，即著名的《南山集》。此書一經問世，即風行江南各省，其發行量之大，流傳之廣，在當時同類的私家著作中是罕見的。數年後，因《南山集》中錄有南明桂王時史事，並多用南明年號，被御史趙申喬參劾，趙申喬認為《南山集》一書，「語多狂悖」、「倒置是非」、「十分狂妄」。已在朝廷任職的戴名世被以「大逆」罪下獄，受株連者無數，震驚朝野。

高啟
亂用「龍蟠虎踞」惹禍端

朱元璋在南京建立大明朝。他是窮苦人出身，長期的征戰，使他深知知識分子的重要。因為他最終能成王業，靠的是劉基這樣一批文人的輔佐。所以明朝建立後，朱元璋擔心一些文人會威脅他的皇權。為此，他立下了一條規矩：知識分子必須到朝廷為皇帝效命，不然，就是死路一條。

高啟是明初著名的知識分子，他也到了南京按皇帝的要求編纂《元史》，並被皇帝任命為翰林院國史編修。任務完成的不錯，皇帝也很賞識他。在南京工作期間他還寫了很多詩，期中有兩首，一首是〈題宮女圖〉：「女奴扶醉踏蒼苔，明月西園侍宴回。小犬隔花空吠影，夜深宮禁有誰來？」這首詩便被一些人認為觸及了宮中隱私。另一首是〈題畫犬〉詩中有這樣的句子：「莫向瑤階空吠影，羊車半夜出深宮」，更是暗示了皇帝荒淫之事。據說，朱元璋曾為此很有些不高興，但沒有治高啟的罪。

《元史》編完後，朱元璋想提拔他擔任戶部侍郎（相當於現在的財政部副部長），但高啟卻以「不善理財」為理由謝絕了。

回到老家後，高啟在家鄉教書。如果老老實實地教書，也就沒事了。可是，有一年，他的好朋友蘇州

知府魏觀因府衙狹小，遷到曾經在蘇州建都的張士誠的皇宮遺址辦公，把那裏做了府衙，高啟為他寫了一篇〈上樑文〉，以示祝賀。這〈上樑文〉裏出現了「龍蟠虎踞」四個字。

很快，就有人向朱元璋告發說，魏觀進皇宮遺址辦公是有暗示和企圖的。這還得了，朱元璋迅速派人把魏觀抓來殺掉。辦案的人搜查魏觀的辦公室，發現高啟的文章中用了「龍蟠虎踞」四字，報告給了朱元璋，朱元璋認為這屬於大逆不道。本來，朱元璋就對高啟不在朝廷任職不滿，借這個機會把高啟腰斬（一種極為殘酷的刑罰）。

## ◑ 走近名人

高啟（1336-1373），元末明初著名詩人，他隱居在吳淞江邊的青丘，自號為青丘子。與楊基、張羽、徐賁被譽為「吳中四傑」。高啟出身富家，童年時父母雙亡，生性警敏，讀書過目成誦，久而不忘，尤精歷史，嗜好詩歌。元朝末年，天下大亂，駐守在吳中（地名）的參知政事饒介守禮賢下士，聞高啟才名，多次派人邀請，待為上賓。時高啟年僅十六歲。高啟長期居於鄉里，寫了許多描寫農民勞動生活的詩歌，如〈牧牛詞〉、〈捕魚詞〉、〈養蠶詞〉等。

## ◑ 猜猜字謎

去掉籠頭歸大海（猜一字）（謎底見最後一頁）

◯ **知識小站**

「龍蟠虎踞」與南京：三國時期，劉備為了聯吳抗曹，派諸葛亮去吳都建業（今南京）去遊說孫權。諸葛亮到了建業，看到南京的山勢地形，感慨地說：「鍾山龍蟠，石頭虎踞，此帝王之宅」意思是說，這裏的地形地勢多好啊，是帝王建都的好地方。從此，「龍蟠虎踞」就成為用來形容南京的一個專用詞。朱元璋建都南京，南京正是「龍蟠虎踞」，高啟別處「龍蟠虎踞」，是不是別處還有皇帝，所以是「大逆不道」。

# 王錫侯
## 不知避諱引來殺身禍

清朝時，有一個叫王錫侯的文人，善於考證字音字義，他對《康熙字典》做了精深的研究，按照「以義貫字」的方法，把讀音或意義相同、相近的字，彙集到一處（比如「言」目，後面則列諺語、說話、語言等相關類）編寫並出版了一部名叫《字貫》的新字典。

字典印刷後，很受大家的喜歡，並傳到皇宮裏。乾隆皇帝在翻看這本《字貫》後發現，書中竟然把康熙、雍正、乾隆的名諱直書其上，沒有缺筆避諱，這屬於「大逆不道」。乾隆大怒，下諭旨：「罪不容誅，即應照大逆律問斬」，於是斬了王錫侯，並連帶他的兒子孫子也被處決。乾隆皇帝還不解恨，就讓人一連串地查找，江西的一個巡撫，上奏時建議革去王錫侯「舉人」頭銜作為懲罰，乾隆認為刑罰太輕，替罪人說好話，也屬於「大謬」，被處死。朝廷中有兩個級別很高的官員因為看過《字貫》一書，卻沒有能看出問題而被革職……上上下下被牽連近百人。

其實，後人查證《字貫》，王錫侯在書中談到了應該注意避諱的問題，也舉例應該如何避諱，但是他自己一時犯了糊塗，可憐他的兒孫也因此短命。

## ◎ 走近名人

王錫侯（？-1777），今江西宜豐縣棠浦鎮沐溪村人。年少時的王錫侯為追求功名，把自己鎖在王氏祠堂的小房裏，日以繼夜的苦讀。一天三餐，由家人從門檻下的小洞送進去。但直到二十四歲才補博士弟子，三十八歲才中舉。以後再沒功名，一直到《字貫》案發被處斬。

## ◎ 猜猜字謎

柴米油鹽都不是（猜一字）（謎底見最後一頁）

## ◎ 知識小站

中國古代的避諱制度：避諱制度是中國封建社會特有的現象，大約起於周，成於秦，盛於唐宋，至清代更趨完密，民國成立後廢除。那時，人們對皇帝或尊長是不能直呼或直書其名的，否則就有因犯諱而坐牢甚至丟腦袋的危險。避諱常見的方法是用意義相同或相近的別字來代替要避諱的字。按照清朝的規定，凡是皇帝名號皆應減一筆或加一筆或以不書來避諱。比如為避唐太宗李世民的諱，寫「觀世音」時只能寫作「觀音」。

最有名的例子是「只許州官放火，不許百姓點燈」的故事：北宋時有個叫田登的人當了州官，把與「登」字同音的字都當成忌諱。不允許有人觸犯。於是整個州的人都只好把「燈」稱為「火」。元宵節放燈時，他的手下只好在大街上貼出如此告示：「本州按規定放火三天。」百姓們私下裏說：「只許州官放火，不許百姓點燈」。

# 張發奎「六甲」錯譯「六寨」遭轟炸

　　抗日戰爭時期，國民黨第四戰區司令長官張發奎把自己的司令部設在廣西和貴州交界處一個叫六寨的小鎮上。一九四四年十一月，中國軍隊和侵華日軍正在廣西柳州一帶展開激戰。

　　一天，美軍飛行員接到命令，去六寨轟炸進攻中國軍隊的日軍。當十七架塗有美軍標誌的飛機出現在六寨上空時，當地軍民興高采烈地走出家門，揮舞著彩旗，向盟軍飛行員致意。然而，美軍飛機回報他們的卻是一顆接一顆的炸彈。六寨這個彈丸之地頓時陷入一片火海。一枚重磅炸彈正好命中張發奎的司令部。這次誤炸不僅毀了張發奎的司令部，所有文件、資料化為灰燼，更奪去了八百多名軍人和五千多名平民的生命。

　　原來，是機場指揮部的譯電員譯錯了電報，上級來電本來是讓美軍飛機去轟炸一個叫「六甲」那個地方的日軍，譯電員錯把電報中的「六甲」譯成了「六寨」。六甲是相距六寨一百多公里的另一個小鎮。美軍飛機按譯電員的譯文卻去了六寨，一個錯字，釀成了大禍。

◐ **走近名人**

　　張發奎（1896-1980），又名逸斌，字向華，廣東

省韶關始興人，中國國民革命軍陸軍二級上將，也是抗日名將。八歲入私塾，一九一二年，考入廣東陸軍小學學習。他聰敏好學，於第二年在三千名同學中以〈吳起將兵與士卒同甘苦論〉一文名列前茅，升入武昌第三陸軍中學。一九一六年畢業於武昌陸軍第二軍官預備學校，到部隊後由排長一直升到軍長。抗日戰爭期間，先後任集團軍總司令、兵團總司令、戰區司令長官、方面軍司令官等職，率部參加過淞滬、武漢、崑崙關等戰役。

## ◖▷ 猜猜字謎

長安一彎月（猜一字）（謎底見最後一頁）

## ◖▷ 知識小站

電報在中國，早在一七五〇年前後，國外就有電報了。但直到一八七一年，中國才出現電報線路，並且還是由英國、俄國及丹麥建設的從香港經上海至日本長崎的海底電纜。此時，清政府極力反對和禁止電纜在上海登陸。丹麥的公司不理清政府的禁令，將線路引至上海公共租界，並開始收發電報。中國人自己自主敷設的線路，是由福建巡撫丁日昌在臺灣所建，一八七七年十月完工，連接臺南及高雄。在內地，一八七九年，北洋大臣李鴻章在天津、大沽及北塘之間架設電報線路，用作軍事通訊。從那時起一直到很長的時間，電報一直是很實用快捷的信息傳遞工具。

## 洪秀全「繞城」寫「燒城」毀了一座城

一百多年前，太平天國領袖洪秀全率領太平軍進兵揚州，途中經過儀徵城。前軍首領派人領取洪秀全的命令，問是不是進攻儀徵城。

洪秀全拿過紙，迅速寫下自己的手令交給取命令的人，由於一時不慎，把「繞城而過」寫成「燒城而過」。

前軍首領看了命令後，還有些奇怪，過去沒燒城啊，這次天王怎麼讓燒城呢？副將也覺得有些不對，我們是不是再派人去問一問。前軍首領說，這白紙黑字寫得明明白白的，哪有時間再去問哪，下令打吧。於是，前軍首領帶兵攻下儀徵城，然後，一把大火把儀徵城燒了個精光。

洪秀全得到報告，問手下的人，他們為什麼燒城。手下的人告訴他，他們是按著天王的命令做的。洪秀全知道自己寫錯了字，後悔萬分，怪自己粗心。

### ◑ 走近名人

洪秀全（1814-1864），原名洪仁坤，出生於廣東花縣（今廣州花都區）。太平天國創建者及思想指導者，稱「天王」。洪秀全生於耕讀世家，七歲起在村中書塾上學，熟讀四書五經及其它一些古籍。村中父

老都看好洪秀全可考取功名光宗耀祖，可是三次鄉試都失敗落選，六年後再一次參加了廣州的鄉試，結果還是以落選告終。此後，洪秀全看透了清政府的腐敗，在家鄉創建「拜上帝教」，領導太平天國起義，反抗清王朝的統治。

## ◑ 猜猜字謎

為何相思難剪斷（猜一字）（謎底見最後一頁）

## ◑ 知識小站

什麼是考取功名，中國封建社會，通過科舉考試選拔人才，科舉考試考上的人，被授予官職，做官後可以獲得功績和名位，所以把參加科舉考試去做官叫考取功名。

# 年羹堯「夕惕」改「夕陽」，終於把命喪

　　清朝雍正皇帝的時候，有一次發生了「日月合璧、五星連珠」的天象。按今天來說，這是很正常的天文現象，可當時人們迷信，認為是皇帝治國治得好的吉兆，於是，大小臣子們都上表祝賀。

　　有個叫年羹堯大將軍，也想給皇帝說幾句頌揚的話。他在賀表中把頌揚皇帝勤勞國事不分晝夜之意的詞句「朝乾夕惕」，錯寫為「夕陽朝乾」。這一下子意思就反了。這還了得嗎？

　　在那時，給皇上的奏摺中寫了錯別字或者用錯了詞意是有罪的。雍正皇帝本來就想因為別的事收拾年羹堯，借這個機會，雍正皇帝給年羹堯定了個「大不敬」的罪名，撤了他大將軍的職務。後來又找出了年羹堯犯有九十二項大罪，賜他自盡。

　　年羹堯自己死了還不行，年羹堯的一個兒子也被斬首，其餘十五歲以上的兒子都發往邊疆充軍。並且嫡親子孫將來長到十五歲者，都陸續發遣，不許赦回，永不許為官。有敢私自藏匿年羹堯子孫者，以黨附叛逆治罪。年羹堯的族人，無論是現任或候補文武官員全部革職，年家一族，無一幸免。

## ◎ 走近名人

年羹堯（1679-1726），字亮功，號雙峰，清朝時著名的軍事人物。年羹堯自幼喜歡讀書，頗有才識。二十一歲中進士，不久授職翰林院檢討。後來馳騁沙場，以武功著稱，得到雍正皇帝的特殊寵遇，官至撫遠大將軍，還被加封一等公，高官顯爵集於一身。後被雍正皇帝賜死。

## ◎ 猜猜字謎

多去一半（猜一字）（謎底見最後一頁）

## ◎ 知識小站

中國古代的充軍。充軍就是罰犯人到邊遠地區從事強迫性的屯田種地或充實軍隊，是輕於死刑、重於流刑的一種刑罰。讓罪人充軍，在古代秦漢時期就有，到宋朝和元朝創設，明朝時正式入典律，成為重刑苦役制度。充軍的地方分附近、近邊、遠邊、極邊、煙瘴等。充軍的人一種是終身充軍，即到死亡為止；一種是永遠充軍，即自身死亡後還要罰及子孫充軍，永無期限。

## 楊修聰明反被聰明誤

三國時，曹操要建造一座花園，動工前，工匠們請曹操審閱花園工程的設計圖紙，曹操看後什麼也沒說，只在園門上寫了一個活字。工匠們不解其意，正好主薄楊修路過。工匠把他拉住，讓他給幫助解釋解釋。

楊修看了看說：「門上寫了一個『活』字，那是『闊』呀，丞相是不是嫌園門設計的太大了。」工匠們按楊修的提示修改了方案。再讓曹操看時，曹操很高興，就問工匠們：「你們是如何知道我的心意的？」工匠們說：「丞相的心意我們小人哪能理解，多虧了楊主簿的指點。」曹操口中稱讚楊修，心裏卻生了幾分嫉恨。

後來，曹操出兵漢中進攻劉備，被困於斜谷界口，進退兩難，進攻吧打不進去，後退吧還有些沒面子，因而猶豫不決。

一天晚上，曹操正在吃一隻雞肋，大將夏侯惇入帳，稟請夜間口令。曹操隨口答道：「雞肋！」夏侯惇出去後，就傳令各營。楊修見傳「雞肋」二字做口令，便教自己的隨從軍士收拾行裝，準備歸程。有人報知夏侯惇，夏侯惇忙問楊修是怎麼回事。

楊修說：「從今夜的口令來看，雞肋，吃起來沒

有肉，丟了又可惜。現在，進兵不能勝利，退兵恐人恥笑，在這裏已經沒有益處，不如早日回去。明日魏王必然班師還朝。所以先行收拾行裝，免得臨走時慌亂。」

聞聽此言，夏侯惇也就收拾行裝，其它軍中將領也都跟著收拾起來。曹操得知這個情況後大怒，說楊修造謠生事，動亂軍心，將楊修斬首，頭顱掛於轅門之外。但第二天，曹操果然退軍。

## ◯◗ 走近名人

楊修（175-219），字德祖，弘農華陰（今陝西華陰東）人，東漢末期文學家。東漢建安年間舉為孝廉，任郎中，後為曹操主簿。四十五歲時被曹操殺害。楊修一生著作頗豐，今共存作品數篇，其中有〈答臨淄候箋〉、〈節遊賦〉、〈神女賦〉、〈孔雀賦〉等。

## ◯◗ 猜猜字謎

瞻前顧後想雞肋（猜一字）（謎底見最後一頁）

## ◯◗ 知識小站

古代的舉孝廉：舉孝廉，是漢代發現和培養官吏預備人選的一種方法。它規定官府每年要推舉孝廉的人數，由朝廷任命官職。被舉薦的學子，除博學多才外，更須孝順父母，行為清廉，故稱為孝廉。在漢代，「孝廉」已作為選拔官員的一項科目，沒有「孝廉」品德者不能為官。後來用科舉制度代替了舉孝廉的人才選拔制度。一直到清朝時，還有用「孝廉公」這個名稱稱呼舉人的。

六

名人姓名由來
意義篇

### 人物譜

**金　庸**・華人最知名的武俠小說作家。金庸與古龍、梁羽生並稱為中國武俠小
說三大宗師。他的作品多被改編成影視劇集、遊戲、漫畫等產品，膾
炙人口。

**李世民**・唐朝的第二位皇帝。即位後，積極聽取群臣的意見、努力踐行文治天
下的思想，堅持「兼聽則明偏信則暗」，是中國歷史上最出名的政治家
與英明的君主之一。

**白居易**・我國唐代偉大的現實主義詩人。自幼聰穎，讀書十分刻苦，讀得口都
生出了瘡，手都磨出了繭，年紀輕輕的，頭髮全都白了，是中國文學
史上負有盛名且影響深遠的詩人。

# 蘇東坡「東坡」兩字的來歷

　　蘇東坡原名蘇軾，那為什麼又叫「蘇東坡」呢？故事是這樣的：

　　因為反對王安石的新法，蘇軾在自己的詩文中表露了對新政的不滿。被王安石以「用詩文訕謗新政」的罪名抓進烏臺審問，發生了著名的蘇軾「烏臺詩案」。多虧宋朝開國皇帝規定，宋朝不許殺文人，才得以免死。但死罪免除了，罪還是要治的，於是，蘇軾被貶官為黃州團練（負責統領黃州這個地方的軍隊）。

　　到黃州後，蘇軾住在黃州城外一個叫東坡的地方。這裏有山有水，又很清靜，蘇軾很喜歡這個地方，於是，蘇軾就給自己起了個號叫「東坡居士」。在這裏居住期間，蘇軾用蘇東坡的名字寫了不少好文章，從此，人們開始叫他蘇東坡。

## ◑ 走近名人

　　蘇東坡少年時讀了許多書，加上他非常聰慧，常得到師長們讚揚。因此他頗為自負地在自己房前貼了一幅對聯：「識遍天下字，讀盡人間書。」後來，有一白髮老太太拿了一本深奧的古書來拜訪蘇軾，蘇軾不識書中的字，老嫗藉此婉轉批評了蘇軾，於是蘇軾把對聯改為「發奮識遍天下字，立志讀盡人間書」，

用以自勉，從此傳為佳談。

## 猜猜字謎

地殼（猜一字）（謎底見最後一頁）

## 知識小站

烏臺是什麼地方？烏臺指的是御史臺，漢代時御史臺官署內遍植柏樹，又稱「柏臺」。柏樹上常有烏鴉棲息築巢，所以人稱御史臺為烏臺。御史臺朝廷設立的監察機構，主要是管理官員的。

## 宋靄齡改洋名為中國名

宋靄齡的父親宋耀如，年輕時曾留洋美國，十分崇拜為解放黑奴作出貢獻的美國總統林肯，他認為是林肯拯救了美國，使美國走上了迅速發展道路。所以，他非常希望中國也能出現這樣的偉大人物，改變中國落後的面貌。為此，大女兒出生後，他就為女兒取名「愛琳」，「琳」和「林」同音，即有熱愛林肯之意，名字也比較洋氣。後來，有一次，宋愛琳陪父親去看望九十七歲的沈毓桂老人，這位老人曾是位滿腹經綸、兼學中西、學富五車的學者。交談中，他得知愛琳的名字時，微笑著對宋耀如說：「愛琳是洋人的名字，中國人還應該有中國式的名字。」

宋耀如覺得有道理，就說：「那就請沈老先生給女兒另起一個名字吧！」

沈老想了一下說道：「女性的名字應該文雅一些，不若改『愛』為『靄』，改『琳』為『齡』。『靄』和『藹』兩字相通，司馬相如的〈長門賦〉曰：『望中庭之藹藹兮』，蘇軾有詩曰：『湖上蕭蕭疏雨過，山頭靄靄暮雲橫。』」

宋耀如聽了沈老一番解釋，覺得此名改得好。於是，大女兒正式改名為靄齡，另外兩個女兒「慶琳」、「美琳」的名字也相應改「慶齡」和「美齡」。

## ◎ 走近名人

宋氏三姐妹：宋藹齡、宋慶齡、宋美齡是中國著名的「宋氏三姐妹」，是二十世紀中國最顯耀的姐妹組合。宋慶齡成為孫中山的夫人，愛國愛民，萬民景仰；宋美齡嫁給蔣介石，權勢顯赫，呼風喚雨；宋藹齡聯姻中華民國的財政部長孔祥熙，善於積財，富甲天下。她們在一定程度上影響了中國的歷史進程，也因而成為世界關注的焦點。

## ◎ 猜猜字謎

精簡機構（猜一字）（謎底見最後一頁）

## ◎ 知識小站

留洋，是留學的舊稱，清朝後期，中國才有留學生出國學習，那時候，出國學習一般都漂洋過海，所以，把到國外留學的人叫留洋。其實，「留學」一詞是由「留學生」一詞省略而來。「留學生」這個詞還是由日本人創造的，它和中國也有關係。中國古代唐朝時，日本政府為了吸取唐朝的先進文化，曾多次派遣唐使來中國，學習中國的經驗。遣唐使因為是外交使節，不能在中國停留時間過長，所以日本政府派遣唐使時，同時派遣「留學生」和「還學生」。所謂「留學生」，是當遣唐使回國後，仍然留在中國學習的學生；「還學生」則在遣唐使回國時一起回國。後來，「留學生」這個詞便被一直沿用了下來。現在凡留居外國學習的學生，都稱「留學生」。

# 杜重遠
## 任重而道遠

愛國人士杜重遠原名杜乾學，中學剛畢業時，正趕上袁世凱為了當皇帝，與日本簽訂喪權辱國的二十一條激起民憤之時，他說：「我恨沒有百萬雄兵，掃蕩三島以泄我胸中的積憤。」於是決定為自己改名。

那麼改什麼名字呢？他想，必須是一個非常響亮而且表達自己志向的名字。他想起《論語·泰伯》中說：「曾子曰：『士不可以不弘毅，任重而道遠。仁以為己任，不亦重乎？死而後已，不亦遠乎？』」決定取「任重而道遠」中的「重」和「遠」兩個字，將名字改為杜重遠。

杜重遠由此立下了救國救民的願望。

後來，趕上政府要派遣留學生到日本學習，窮小子出身，已在學校教書的杜重遠覺得這是一個千載難逢的好機會，可以學到更多的知識，更好地瞭解外面的世界，實現自己平生的志願，於是報名參加考試。經過重重選拔，終於得到考試東渡日本留學的機會。學成後回國，杜重遠走上了救國救民的道路，並因此奉獻了自己的生命。

◑ **走近名人**

杜重遠（1898-1943），吉林懷德（今公主嶺市）

人。出生於貧苦農家庭。一九〇五年，入當地私塾讀書，學習刻苦。成年後投身革命活動。一九三四年在上海創辦《新生》周刊，因刊登〈閒話皇帝〉一文，被國民黨政府以「妨礙邦交」罪判刑。西安事變中，贊成中共和平解決西安事變的方針，擁護抗日民族統一戰線政策。一九四三年被新疆軍閥盛世才秘密殺害。

## ◉ 猜猜字謎

一元落路，路上背（猜一字）（謎底見最後一頁）

## ◉ 知識小站

杜重遠與「新生事件」。一九三三年，為宣傳鼓動抗日，杜重遠創辦《新生》周刊，自任總編輯和總發行人，倡導發動「一場自己的反帝抗日的民族革命戰爭」。兩個月後，由於《新生》周刊刊登〈閒話皇帝〉一文，日本人借機挑釁，國民黨當局竟屈從日本人，勒令《新生》停刊。但《新生》周刊依然撰文揭露敵人的陰謀，並堅定地表示：「最後勝利不是屬於帝國主義者，到底是屬於被壓迫人民啊！」迫於日本人的壓力，國民黨的法庭判杜重遠犯「散佈文字共同誹謗罪」。杜重遠憤怒地在法庭上疾呼：「法律被日本人征服了！我不相信中國還有什麼法律！」旁聽群眾極為憤怒，高呼「打倒賣國賊」並散發擁護《新生》周刊的傳單，且用各種硬器向法官及日本人擲去。一時秩序大亂，日本人及法官抱頭鼠竄而去。杜重遠被反動當局判處一年零二個月徒刑，成為轟動中外的「新生事件」。

# 陳寅恪
## 名字如何讀起爭論

　　陳寅恪，是中國著名的語言學家、國學大師。他的父親是著名詩人陳三立，祖父是清朝時比較開明的湖南巡撫陳寶箴。出生在這樣的名門家庭，當然應該起個好名字。於是父輩給他起名陳寅恪。隨著年齡的增長，陳寅恪的名氣越來越大，但是，他的名字陳寅恪之「恪」怎麼讀，卻有不少人起了爭論。

　　有人主張讀 kè，有人主張讀 què。主張讀 què的人，他們的依據是陳本人及其家人讀 què。因為陳寅恪的家鄉江西修水的方言中「恪」與「確」同音，翻譯成普通話裏的音就念 què。而主張讀 kè的人，依據是現行《辭源》等權威辭書，恪（kè）字無 què音。陳寅恪本人及其家人讀「恪（kè）」為 què純是方音，並無特殊意義。

　　但這些爭論也一直沒有結果。直到一本書的出現，才結束了這場爭論。在《陳寅恪集・書信集・致傅斯年第七十六》一文中，署名為「ChenYinKe」（上海三聯書店 2001 年版），陳寅恪自己對此做了解答。故陳寅恪之「恪」當讀恪（kè）。後來，國家有關部門在《普通話異讀詞審音表》中規定：「恪」統讀 kè。

## ◖ 走近名人

　　陳寅恪（1890-1969），江西義寧（今修水）人，生於長沙。陳寅恪少時在南京家塾就讀，在家庭環境的薰陶下，從小就能背誦四書五經，廣泛閱讀歷史、哲學典籍。後出國留學。曾任清華大學、西南聯合大學、嶺南大學等校教授。解放後，任中山大學教授、中央文史館副館長。是現代中國最著名的史學家、語言學家、古典文學研究家。

## ◖ 猜猜字謎

　　東郊殘花映堂前（猜一字）（謎底見最後一頁）

## ◖ 知識小站

　　陳寅恪與「獨立之精神，自由之思想」。陳寅恪在二十世紀二〇年代末倡導：為人治學當有「獨立之精神，自由之思想」，他的一生也堅持這種思想。新中國成立後，中國科學院決定調陳寅恪為中國科學院歷史研究所第二所所長。他提出兩個條件：一是不宗奉馬列主義，不學習政治；二是請當時的國家領導人給開個證明，為自己作擋箭牌。目的就是一心一意做有獨立思想的學術研究。當然，他這兩個條件沒能得到同意，他還是做他的教授。

## 魯迅 十年樹木，百年樹人

魯迅本姓周，原名阿張、樟壽、豫山、樹人。魯迅出生時，他的祖父在京做官，當抱孫子的喜訊傳到他那裏時，恰巧有一個同朝為官的朋友張之洞來訪，於是祖父便遵照家鄉的習俗，以孩子出生後所遇到的第一個人為孫子取名「阿張」，之後又根據家譜中的名字為孫子取大名「樟壽」，號「豫山」。

小魯迅進私塾學習時就用「豫山」為名。他的家鄉紹興話「豫山」和「雨傘」音近，同學們常以此取笑他，魯迅為此有些懊腦，便央請祖父為自己再個改名，祖父就給他改名豫亭，魯迅用了一段時間後還覺得不好，於是再改為豫才。後來，魯迅離開了家鄉，到南京投奔叔祖周椒生，到江南水師學堂學習。

叔叔周椒生本來在水師學堂做官，但思想卻很守舊，對這種洋學堂極為蔑視，認為魯迅不好好在家讀書，走光宗耀祖的正路，而跑到洋學堂學習做一名水兵，實在有失「名門」之雅。為了不給九泉之下的祖宗丟臉，他覺得魯迅不宜使用家譜中的名字，但他還是希望魯迅能夠有個出息，於是遂將「樟壽」的本名改為「樹人」，取「十年樹木，百年樹人」之意。從此，魯迅就用了周樹人這個名字。

後來，魯迅在《新青年》上發表了中國現代文學

史上第一篇白話文小說〈狂人日記〉，那時，文人們寫文章都喜歡給自己起個筆名，周樹人也就給自己起了個筆名「魯迅」。從此「魯迅」一名聞達於天下。

　　據說，「魯迅」的意思是：周樹人的母親姓魯，用母親的姓，取愚魯而迅速之意。

## ◯ 走近名人

　　魯迅（1881-1936），本名周樹人，浙江紹興人，字豫才，原名周樟壽，以筆名魯迅聞名於世。中國現代文學家、思想家、革命家和教育家。出身於破落封建家庭。一九〇二年考取留日官費生，赴日本留學。後從事文藝工作，希望用以改變國民精神。一九一八年五月，首次以「魯迅」為筆名發表了中國現代文學史上第一篇白話小說〈狂人日記〉，奠定了新文學運動的基石。是「五四」新文化運動的主將。他以筆為武器，戰鬥了一生，被譽為「民族魂」。

## ◯ 猜猜字謎

　　無言走俏通訊業（猜一字）（謎底見最後一頁）

## ◯ 知識小站

　　什麼是家譜？家譜，又稱族譜、家乘、祖譜、宗譜等。一種以表譜形式，記載一個以血緣關係為主體的家族世系繁衍和重要人物事蹟的特殊圖書體裁。家譜以記載父系家族世系、人物為中心，是由記載古代帝王諸侯

世系、事蹟而逐漸演變來的。許多家譜都規定了多少代的後代子孫名字用字。家譜是一種特殊的文獻，就其內容而言，是中國五千年文明史中最具有平民特色的文獻。

# 林則徐
## 傚仿名人成英雄

　　清末政治家、民族英雄林則徐，字元撫，又字少穆、石麟等。他出生在福建侯官（今福州市）一個下層封建知識分子家庭。父親林賓日是嘉慶年間的侯官歲貢生，在家鄉當地租用別人的房子開了一家書塾，是一名很有文化修養的教書先生。

　　林則徐的母親懷著林則徐時，就希望林賓日能給孩子起個好名字。林則徐出生，見是一個男孩，他的媽媽就催促丈夫給孩子起名字。起什麼名字呢？別看是林賓日教書先生，是當地文化名人，也給不少家族的孩子起過名字，可輪到給自己的兒子起名時，他還真有點犯難了。

　　一天，林賓日正在屋子裏轉來轉去想名字時，聽到外面一陣鑼響。這又是哪個官員老爺來了？林賓日急忙出門去看。原來，是新上任的福建巡撫徐嗣曾坐著大轎，鳴鑼開道，經過他家的門口。林賓日知道徐嗣曾是位為人正直、品行端正的大臣，也是一個重視知識分子，深得士人敬仰的名人。他在門口邊目送著巡撫隊伍過去，邊想自己的兒子長大後如果能夠傚仿徐嗣曾做一個天下聞名的人，那該多好啊。

　　想著想著，林賓日一下子高興起來，雙手一拍：「有了，名字有了！」於是他轉身回到屋裏，高興地

告訴妻子：「就為兒子起名『則徐』」。妻子問：「快告訴我是什麼意思？」

「『則』是傚仿的意思。讓他傚仿巡撫徐嗣曾大人，將來成為徐嗣曾大人那樣的人。」

「好！好！」妻子聽了說道，「我們的林則徐比巡撫大人還有出息。」林則徐的名字就這樣誕生了。

成年後，林則徐在朝廷為官，為國為民，正直無私，果敢無畏，在虎門組織銷煙，抗擊外國侵略者，成為中國近代史上抵禦外侮的民族英雄。

## ◑ 走近名人

林則徐以欽差大臣的身份到廣州禁煙。那裏成為他瞭解世界的一個窗口。他打破關鎖國和封建思想，放眼看世界，他心一切可能瞭解外面的世界，主持編譯的《四洲志》、《華事夷言》、《在中國做鴉片貿易罪過論》、《各國律例》，不但是歷史資料，而且記錄了中華民族最初借助文字而瞭解到的西方形象和情態。林則徐在時代波瀾的大潮中成為「開眼看世界的第一人」。

## ◑ 猜猜字謎

我為人人，人人為我（猜一字）（謎底見最後一頁）

## ◑ 知識小站

歲貢生，即歲貢。科舉制度中由地方貢入國子監的生員（學生）的一

種。明、清兩代，一般每年或兩三年，從府、州、縣學中選送學生升入國子監（國家的最高學府）讀書，因此稱為歲貢。被選送的學生就叫歲貢生。

## 冰心 一片冰心在玉壺

　　著名作家冰心本名謝婉瑩，年輕時就是一名進步青年，關心著國家和民族的命運。一九一九年，謝婉瑩發表了自己的第一篇創作小說〈兩個家庭〉，因為小說含有進步思想，為防止受到迫害，她沒有用本名，第一次使用了「冰心」這一筆名。

　　「冰心」二字，取自唐代王昌齡〈芙蓉樓送辛漸〉詩「洛陽親友如相問，一片冰心在玉壺」之句。從此，冰心這個名字就叫響了。

　　多年後，當時有人問她為什麼用「冰心」這個名字時，她回憶說：「『冰心』筆劃既簡單好寫，又與我的本名謝婉瑩的『瑩』字含義『光潔、透明』相符。代表自己懷有一顆『冰清玉潔』之心的意思。」

### ◑ 走近名人

　　冰心（1900-1999），福建福州人，本名為謝婉瑩，冰心為筆名。父親謝葆璋在清朝末年曾參加甲午戰爭，其後在煙臺創辦海軍學校，並出任校長，是一位愛國的海軍軍官。在煙臺長大的小冰心，在海浪、艦甲、軍營中度過了穿男裝、騎馬、射擊的少女生活。後來到北大讀書，並開始了她的創作之路。他的《寄小讀者》、《再寄小讀者》、《三寄小讀者》，詩集《繁星》、《春水》等都是非常受兒童喜愛的作品。

◉ **猜猜字謎**

兩點水（猜一字）（謎底見最後一頁）

◉ **知識小站**

冰心與玉壺：詩人王昌齡在〈芙蓉樓送辛漸〉詩中「一片冰心在玉壺」意思是：我的內心依然純潔無瑕，就像冰那樣晶瑩，像玉那樣透亮。其實，早在唐朝之前的六朝時期，有一個叫鮑照的詩人就用「清如玉壺冰」（〈代白頭吟〉）來比喻高潔清白的品格。唐朝一個著名的宰相姚崇又作了一篇〈冰壺誡〉的文章，此後，唐朝詩人如王維、崔顥、李白等都曾以冰壺自勵，推崇光明磊落、表裏澄澈的品格。

## 李世民
## 生於亂世，濟世安民

　　唐太宗李世民四歲時，有位相士為他看相，說他「有龍鳳之姿，天日之表，其年及冠，必能濟世安民」。父親李淵期望兒子成人後能幹一番「濟世安民」的大事，聞聽相士之言非常高興。便給孩子起名「世民」。李世民年少時便深謀遠慮、胸有韜略。十七歲時，他的父親李淵被隋朝朝廷任命為太原留守。當時各地農民紛紛揭竿而起，反抗隋朝的暴政。李世民看到隋朝不會長久了，識時務者為俊傑，大丈夫應該順應歷史的潮流，成就一番偉業。於是勸父親李淵招兵買馬，廣攬豪傑，起兵反隋。李淵起兵後，令十八歲的李世民任大軍的統帥，率兵自太原出發，進軍長安。

　　別看年紀小，但李世民作戰勇敢，帶兵有方，他的隊伍很快由幾萬人發展到十幾萬人，並攻破長安。隨後，父親李淵即位稱帝，建立大唐王朝。

　　李世民在滅隋建唐的鬥爭中，是起兵的主要策劃者，是攻滅大隋和群雄、統一華夏的主要軍事統帥。他表現出了非凡的才能，後來，李世民繼皇帝位，即位後，常以「亡隋為誡」，順應民心，大力提倡農業生產。他任人唯賢，善於納諫，博採眾議。在位的二十三年，文治武功成績卓越，國家經濟迅速恢復，政治清明，社會秩序十分穩定。大唐王朝進入了「貞觀

盛世」的嶄新時期。因此，他被後人稱為一代明君。李世民生於亂世而「濟世」，長於盛世而「安民」。他的所作所為，沒有辜負父親的厚望，真正做到了「濟世安民」。

## ◑ 走近名人

李世民（599-649），唐太宗，是唐朝第二位皇帝，隴西成紀人，政治家、軍事家。即位後，積極聽取群臣的意見、努力踐行文治天下的思想，堅持「兼聽則明偏信則暗」。是中國歷史上最出名的政治家與英明的君主之一。

## ◑ 猜猜字謎

直達汶川救危難（猜一字）（謎底見最後一頁）

## ◑ 知識小站

相士是做什麼的？相士也叫相工，相者，相師。舊時以談命、相術等為職業的人。用我們今天的話說，就是那些給人看命、算卦的人。

## 金庸 拆開「鏞」字做筆名

武俠小說作家金庸本名查良鏞，金庸是筆名。一九五五年，查良鏞在香港任《新晚報》記者。當時，他負責《新晚報》的欄目，以乾隆皇帝傳說為內容，每天刊登一千字左右的小說。那時他還沒有名氣，使用的是真名查良鏞。

為了欄目提高知名度，吸引讀者，他想為自己起一個好筆名，但想來想去都沒一個滿意的。

有一天，他有事出去一下，順手把筆扔在桌子上，回來後發現筆尖正好戳在一份稿件中他的名字查良鏞的「鏞」字中間，這一下給他起筆名帶來了靈感，他看著戳在這個字中間的筆尖，心想，如果把「鏞」字從中間分開，不就成了「金」和「庸」兩字嗎？如果用「金庸」作筆名也許更好。於是，「金庸」這個筆名誕生了。

### ◑ 走近名人

金庸，原名查良鏞，一九二四年金庸出生在浙江海寧，後隨家人移居香港。華人界最知名的武俠小說作家、新聞學家、企業家、政治評論家和社會活動家。金庸與古龍、梁羽生並稱為中國武俠小說三大宗師。著有《書劍恩仇錄》、《神雕俠侶》、《射雕英雄傳》多部武俠小說。人們把金庸武俠小說用兩句詩概

括：飛雪連天射白鹿，笑書神俠倚碧鴛。他的作品亦被改編成影視劇集、遊戲、漫畫等產品，膾炙人口。

## ◖ 猜猜字謎

用上隸書掛庭前（猜一字）（謎底見最後一頁）

## ◖ 知識小站

金庸的家族：金庸家族歷史上曾出過許多名人，僅明清兩代，就有二十人中進士，七十六人中舉人。金庸的先祖查恕，是明初的一代名醫，很受朱元璋賞識。先祖中最有名望的當算是查慎行、查嗣庭兄弟。查慎行是清代著名的詩人，查嗣庭是清朝大臣，官至禮部侍郎（相當於今天的副部長）查良鏞的祖父名查文清，是光緒年間進士，曾在江蘇丹陽任知縣。到現代，除查良鏞外，他的同族有在臺灣的、曾做過師範大學校長的查良釗和做過「司法行政部長」的查良鑑，在香港的商界人士、社會活動家查濟民，以及在大陸的、以詩聞名的查良錚（穆旦），說來都是知名人士。

# 古龍
## 起個筆名為愛情

古龍原名熊耀華，古龍是他寫作品時的筆名。這個筆名與他愛過一位女生有關。

熊耀華讀中學時，全班三十二個男生，四個女生。其中有一個叫古鳳的女生，長得小巧玲瓏的，熊耀華挺喜歡她，想和她交朋友，但熊耀華多次主動接近她，她都不理他。也是，熊耀華學習不突出，個子長得又矮小，面貌也一般，班上那麼多學習好，長相又帥氣的同學，古鳳自然是看不上他。可熊耀華還是不甘心，總是找機會接近她。

機會終於來了，古鳳的父親去世了，熊耀華冒著大雨趕到她家看望慰問她，這使痛失父親的古鳳十分感動，撲到熊耀華的懷中放聲大哭起來。此時，熊耀華也想起了小時被父親遺棄的心酸往事，竟也忍不住放聲痛哭起來。痛哭一陣後，古鳳突然發現自己還撲在熊耀華懷中，立即掙脫出來，冷冷地讓他趕緊走人。熊耀華對此很傷心，他告訴古鳳自己很喜歡他，並發誓說：「如果我熊耀華今生今世娶不到你，我一定要取個名字叫古龍。」

熊耀華沒有娶到古鳳，果然給自己起了「古龍」這個筆名。

## ◎ 走近名人

古龍（1938-1985），原名熊耀華，生於香港，著名武俠小說家，新派武俠小說泰斗和宗師。

古龍從小就喜歡文學，中學時，才華橫溢的他就寫了很多詩文。後曾因叛逆離家出走，一度加入幫派。高二時，這個叛逆少年發表小說《從北國到南國》，用筆名古龍，開始了他的職業寫作生涯。古龍為人豪爽，有俠義之風。他以豐富無比的創作力，留下了《小李飛刀》、《楚留香傳奇》、《陸小鳳傳奇》、《絕代雙驕》等七十多部精彩絕倫、風行天下的武俠巨作，開創了近代武俠小說新紀元。他的作品風靡中國乃至東南亞各地，歷久不衰。

## ◎ 猜猜字謎

夜去罩湖不見波。（猜一字）（謎底見最後一頁）

## ◎ 知識小站

武俠小說，是中國通俗舊小說的一種重要類型，多以俠客和義士為主人公，描寫他們身懷絕技、見義勇為和叛逆造反行為。一般認為，武俠文學的源頭有兩個：一是漢初司馬遷的《史記》中的游俠、刺客列傳；二是魏南北朝時期盛行的雜記體、神異、志怪小說。

## 孫中山 中國山中一樵夫

　　孫中山原名孫文，因為搞反清活動，被清政府通緝，只好流亡日本，躲在旅日的中國革命志士陳少白的寓所裏。當時，孫文在日本等國很有影響力，不少外國人士都支持他的革命行動。聽說孫文到了日本，一些在日本的中國革命者，以及日本的革命青年紛紛來拜訪他。

　　有兩個日本青年宮崎、平山，經過許多曲折見到了孫文，他們被孫文先生的革命熱情、見識和抱負深深感動，決心幫助他脫離險境。這時，許多人都為孫文的安全擔憂，兩個日本青年決定陪孫文找一家旅館住下，然後再想辦法。他們經過一個叫中山侯爵府的官邸，來到一家旅館，並由平山代筆為孫文作登記。

　　當時，孫文不便公開姓名。填寫什麼姓名呢？平山正猶豫間，忽然想起剛才路過的中山侯爵府時，看見的那塊牌匾，於是就在旅客登記簿上寫下了「中山」兩字。但按日本習俗，中山只是個姓，還得有一個適當的名字才好，平山又猶豫的起來，孫文看見了，接過筆，在「中山」兩字下面添上了一個「樵」字，笑著對平山說：「我是中國的山中一樵夫。」這就是孫中山名字的由來。

## ◖ 走近名人

　　孫中山（1866-1925），名孫文，字載之，號逸仙。中國近代民主主義革命的先行者，中華民國和中國國民黨創始人，三民主義的宣導者。孫中山出生於貧苦人家，十幾歲便為人做苦工，邊做工邊學習，但他少有大志，從小就立志要為國家做一番大事。後來，他上書清朝的大臣李鴻章，主張變法自強，遭冷遇。於是，他赴國外創建中國第一個資產階級革命團體興中會。首舉反封建的旗幟，領導辛亥革命，並被推舉為中華民國臨時大總統。一九四〇年，國民政府通令全國，尊稱其為「中華民國國父」。

## ◖ 猜猜字謎

　　歲晚惜流光（猜一字）（謎底見最後一頁）

## ◖ 知識小站

　　什麼是流亡：我們在讀一些歷史故事時，常會看到「流亡海外」之類的詞，流亡是指因在本鄉、本國不能存身而逃亡流落在外。一般是指因災害或者受到迫害等原因而被迫離開家鄉或祖國。

## 白居易　找個容易居住的地方

　　唐代大詩人白居易降生在一個叫東郭寺村的地方。據說，東郭寺村地勢低窪，幾度積水成患。那裏的村民飽受水災之害。白居易出生時，正趕上下大雨，村子裏到處都是積水，男人們都組織起來出去排水去了，婦女們急得在家裏燒香禱告。

　　就在此時，四十四歲的白季庚幸而得子，十八歲的夫人陳氏生下一個男孩。孩子叫什麼名字呢？老祖父想到多年來，村子積水成災，居住這裏很不容易，受了很多苦，就給孫子起名叫「居易」，意思是希望孫子長大後，能找個容易居住的地方，不再受水害之苦。

### ◑ 走近名人

　　白居易（772-846），字樂天，晚年又號香山居士，河南新鄭（今鄭州新鄭）人，我國唐代偉大的現實主義詩人。白居易自幼聰穎，讀書十分刻苦，讀得口都生出了瘡，手都磨出了繭子，年紀輕輕的，頭髮全都白了。至今還有他出生七個月「略識之無」和初到長安「顧況戲白居易」等典故。他是中國文學史上負有盛名且影響深遠的詩人，他的詩不僅在中國有巨大影響，在日本和朝鮮等國也有廣泛影響。白居易寫下了不少反映人民疾苦的詩篇，代表詩作有〈長恨

歌〉、〈賣炭翁〉、〈琵琶行〉等。

## ◑ 猜猜字謎

木乃伊（猜一字）（謎底見最後一頁）

## ◑ 知識小站

顧況戲白居易的典故：白居易初次到京城參加科舉考試時，還沒有什麼名氣，他帶著自己的詩作去拜見京城名士給顧況，希望能得到他的舉薦。顧況看到「白居易」三字時，便和他開玩笑說：「長安物貴，居易不易。」意思是說，長安城物價很貴，住在這兒不容易啊。等到看過白居易的〈賦得古原草送別〉中「離離原上草，一歲一枯榮；野火燒不盡，春風吹又生」時，不禁大為驚奇，拍案叫絕，馬上改變語氣，鄭重地說：「能寫出如此好的詩句，居住在這裏又有什麼難的！我之前說的話只是開玩笑罷了。」

# 李白
## 名字因詩句而來

　　唐代大詩人李白名字的由來也很有意思。據說，李白周歲時，家人給他抓周，他抓了一本詩經。有些文化的父親為此很高興，認為兒子長大後可能成為一名詩人，就想為李白取一個好名字，以免後人笑自己沒有學問。

　　由於他對兒子起名一事很慎重，左想一個不妥，右想一個不好，越想越覺得不如意，越慎重就越想不出來。於是，直到兒子七歲了，做父親的還沒想出一個好名字來。

　　那年春天，李白的父親做了一首詩，但只想出了前兩句：「春風送暖百花開，迎春綻金它先來」，後兩句怎麼也想不好了，抓耳撓腮的。正在東拼西湊時，妻子來了，他讓妻兒幫助自己想。妻子想了好一陣子，想了一句：「火燒杏林紅霞落」，但下句也一時想不起來了。

　　沒想到，兒子很快就接了一句：「李花怒放一樹白」。父親一聽，拍手叫好，果然兒子有詩才。正在反覆念著這首詩時，忽然想到兒子的那一句詩的開頭一字是自家的姓，這最後一個白字用得很妙，正說出一樹李花聖潔如雪。於是，正好用「白」字給的兒子做名。就這樣，李白的名字誕生了。

## 走近名人

　　李白（701-762），字太白，號青蓮居士。中國唐朝大詩人，有「詩仙」之稱，是偉大的浪漫主義詩人。少年時，李白的學習範圍很廣泛，並喜好劍術。二十歲時，李白從蜀地「仗劍去國，辭親遠遊」。從此雲遊各地，曾在朝廷為官，但因為不願意侍奉權貴而辭官。所以有「安能摧眉折腰侍權貴」的詩句。留存在世的詩文有千餘篇，代表作有〈蜀道難〉、〈夢遊天姥吟留別〉、〈將進酒〉等詩篇。

## 猜猜字謎

　　伯父隔壁沒住人（猜一字）（謎底見最後一頁）

## 知識小站

　　抓周這種習俗在我國民間流傳已久，它是小孩周歲時舉行的一種預測前途和性情的儀式，是第一個生日紀念日的慶祝方式。

　　在過去，孩子周歲那天，講究一些的人家都要在床（炕）前陳設大案，上擺：印章、經書、筆、墨、紙、硯、算盤、錢幣、帳冊、首飾、花朵、胭脂、吃食、玩具等。由大人將小孩抱來，由大人將小孩抱來，令其端坐，不予任何誘導，任其挑選，視其先抓何物，後抓何物。以此來測卜其志趣、前途和將要從事的職業。

　　如果小孩抓筆，則謂長大以後好學，必寫得一筆錦繡文章，終能三元及第；如果小孩先抓了吃食、玩具，孩子長大之後，必有口福，善於及時

行樂等。總之，就是長輩們對小孩的前途在一周歲之際一番祝願而已。實際上，這和孩子將來的人生是沒有關係的。

七

趣味漢字篇

人物譜

蒲松齡·世稱聊齋先生，因為科舉考試屢試不第，因此對科舉制度不滿。為生
　　　　活所迫，用畢生精力完成《聊齋誌異》的寫作。被譽為我國古代文言
　　　　短篇小說中成就最高者。

乾　隆·清代皇帝，即皇帝位後，整頓吏治、優待士人、獎勵墾荒、整修水
　　　　利，促進了清朝封建經濟的繁榮；他多次平定國內的叛亂活動，反擊
　　　　廓爾喀對西藏的入侵，鞏固邊防，促進了多民族封建國家的統一，奠
　　　　定了今日中國的版圖。

王獻之·東晉書法家，以行書和草書聞名後世。王獻之幼年隨父羲之學書法，
　　　　書法眾體皆精，尤以行草著名，敢於創新，為魏晉以來的今楷、今草
　　　　作出了卓越貢獻，在書法史上被譽為「小聖」。

# 蒲松齡唱酒令罵貪官

清朝著名文學家蒲松齡，少年時便刻苦讀書，十九歲初應童子試，以縣、府、道三個第一名補博士弟子員，一時名聲大震，傳揚鄉里。

一天，有一個姓畢的侍郎，宴請已卸職還鄉的王尚書，為顯示自己的風雅，畢侍郎特意約請蒲松齡作陪。席間，畢侍郎提議，三個人行令助興，議定不限詩韻，但前兩句必須用「三字同頭」和「三字同旁」，而且後邊的用字還要同頭同旁，誰輸了就罰三杯酒。這樣的詩確實有難度，但王尚書也是見過世面的人，欣然同意，蒲松齡也就沒什麼可說的了，只好隨意了。

於是，畢侍郎舉杯先吟道：

三字同頭左右友，三字同旁沽清酒。
今日幸會左右友，聊表寸心沽清酒。

畢侍郎的詩是讚揚結識朋友的，沒什麼問題，可是那個王尚書打心裏就沒有看得起蒲松齡，所以，他斜著眼睛看了看蒲松齡，嘴角一撇，吟道：

三字同頭官宦家，三字同旁綢緞紗。
若非大清官宦家，誰人配穿綢緞紗！

蒲松齡自然聽出王尚書是瞧不起自己的意思，他

過去就聽說這個王尚書是個大貪官，不是個什麼好東西，便冷笑一聲，按令高聲吟道：

三字同頭哭罵咒，三字同旁狐狼狗。
山野聲聲哭罵咒，只因道多狐狼狗！

王尚書聽到蒲松齡這樣公然罵自己，惱羞成怒，氣得鬍子亂顫，拂袖而去。

## 走近名人

蒲松齡（1640-1715）字留仙，一字劍臣，號柳泉居士，世稱聊齋先生，自稱異史氏，山東省淄博人。蒲松齡出生於一個日漸敗落的地主兼商人家庭。因為科舉考試屢試不第，直至七十一歲時才成為貢生，因此對科舉制度的不合理深有感觸。為生活所迫，他除了做了一段時間知縣的幕賓外，主要為人做塾師，用畢生精力完成《聊齋誌異》的寫作。《聊齋誌異》被譽為我國古代文言短篇小說中成就最高的作品集。

## 猜猜字謎

楓樹無風，旁邊有位老公（猜一字）（謎底見最後一頁）

## 知識小站

蒲松齡的座右銘：蒲松齡在創作《聊齋誌異》時遇到很多困難，但是，他用「有志者，事竟成，破釜沉舟，百二秦關終屬楚。苦心人，天不負，臥薪嘗膽，三千越甲可吞吳。」這一座右銘來激勵自己。這句話前半

部分說楚霸王項羽破釜沉舟破秦兵的故事，後半部分說越王句踐臥薪嘗膽終於雪恥滅吳的事情，表明了自己不達目的絕不罷手的決心。

## 海瑞

### 為先生斷字討工錢

　　明朝嘉靖年間，海瑞在淳安縣當縣令，一天清早，縣衙門前牆上貼著的一張大紅紙。只見紅紙正中寫著一個斗大的「夯」字，左下邊落款是：方正求教。路過的人看了都搖頭說從來沒見過這個字。海瑞聽說了，也不認識，就叫人把方正找來，查問貼這個「夯」字是幹什麼？

　　原來，方正是個讀書人，他在當地的一個馮財主家裏當先生，誰知馮財主是個生性刁滑貪婪的人，他經常巧設圈套，誘人上當，以詐取別人的錢財。年初時，他說要為孩子請先生，方正經人介紹就去了，馮財主答應一年給方正紋銀二十兩的工錢。但他說他家有個規矩，到年終時得出字考考先生，認得這個字工錢照付，認不得，工錢分文不給還得倒貼他紋銀二十兩。方正飽讀詩書，自認為不會有字難住他，還立了字據。

　　誰知，到了年底，馮財主在紙上寫了個「夯」字讓他認。方正沒見過這個字，他把一部《說文解字》都翻爛了，也沒查不出這個字來。辛苦一年，沒得分文還倒貼了紋銀。方正很是生氣。他不甘心自己兩年的工錢，就這樣叫馮財主白得去了。他想總有人會認識這個字，於是就張榜到縣衙門前求教。

　　海瑞知道了事情的原委，差人把馮財主找來，向他請教這個「砳」字的音與義。馮財主告訴海瑞，這個字是房檐頭水落到石板上發出『滴、滴』聲音的『滴』字。並說這個字奇就奇在書上沒有，書上有別人就認識了。海瑞一聽他的鬼把戲，就氣不打一處來，頓起懲罰這個不擇手段的馮財主之念。於是，他也寫了一個字讓馮財主認，馮財主不認識，海瑞大怒，吩咐手下把馮財主拉下去重責四十大板！打完後，海瑞告訴他，我寫的那個字書上也沒有，就是竹板打在你的屁股肉上，發出「拍、拍」聲音的『拍』字。接著，他訓斥了馮財主亂造文字，詐取錢財的行為，責令他立即付給方正工錢，詐取的紋銀加數退還。

　　馮財主挨打受罰，哭爹喊娘；百姓聞聽說此事，拍手稱快。

## ◑ 走近名人

　　海瑞（1515-1587），字汝賢，號剛峰，廣東瓊山（今屬海南）人。做過知縣、右僉都御史等官職，為政清廉，潔身自愛，是明朝著名清官。為人正直剛毅，職位很低時就敢於蔑視權貴，從不諂媚逢迎。海瑞一生清貧，抑制豪強，安撫窮困百姓，打擊奸臣污吏，因而深得民眾愛戴。

## ◑ 猜猜字謎

　　金絲線斷（猜一字）（謎底見最後一頁）

## ◑ 知識小站

　　《說文解字》，簡稱《說文》。作者是東漢的經學家、文字學家許慎。

《說文解字》著於漢和帝永元十二年（100 年）到安帝建光元年（121 年），
是我國第一部按部首編排的字典。

# 蘇軾「三白」與「三毛」飯

　　一次，宋代大文學家蘇軾與朋友劉貢父閒談。劉問蘇說：「學士肌膚光潤，想必每天飲食都很講究吧？」蘇軾開玩笑地說：「我每天吃的都是『三白』飯。」劉不解，問什麼是「三白」飯。蘇軾回答說：「一撮鹽，一碟蘿蔔片，一碗白米飯。這三樣東西都是白的，不是『三白』飯嗎？」劉點頭稱是。

　　過了幾天，劉貢父邀請蘇軾去他家吃「白」飯。蘇軾欣然前往，可是來到劉家客廳坐定，只見飯桌上擺著一撮鹽，一碟白蘿蔔和一碗白米飯。這時，蘇軾他才想起前幾日自己和劉開玩笑說的常吃「三白」飯的事。他知道劉這是戲弄自己，但也只好硬著頭皮把桌上的「三白」飯吃了。臨走時，蘇軾嘴上說謝謝劉公的盛情款待，心理卻在想，自己一定要「以其人之道還治其人之身」。

　　又過了幾天，蘇邀請劉到舍下用「毳（汗毛）飯。」劉貢父不知道什麼是「毳」飯，來蘇軾家，與蘇對著聊天，一直到午後，也沒見桌上擺上飯菜。劉貢父餓得肌腸轆轆，實在耐不住了，就問蘇是不是可以吃「毳」飯了。但每次蘇都推辭說：「稍等，稍等。」這樣等來等去，天快黑了，劉貢父餓得連說話力氣都沒了，蘇軾才告訴他說：「今日我是，鹽也毛，蘿蔔也毛，飯也毛，這三毛湊起來正好是『毳』飯。委屈

．

劉公的肚子了。」說罷，哈哈大笑起來。

　　原來「毛」與「沒」（讀 mò，取沒有的字意）諧音，劉貢父這時才醒悟過來。蘇軾開過玩笑，趕緊叫家人擺上準備好的酒菜，兩人又開始神侃起來。

## ◐ 走近名人

　　蘇軾吟詩赴宴的故事：蘇軾少有才華，二十歲的時候到京師去科考。一起考試的有六個舉人看不起他，決定戲弄他一下。於是請蘇軾赴宴。宴席開始，一舉人提議行酒令，並說酒令內容必須是歷史人物和事件，並且還要用到桌上的某一種菜名的字，如此，可獨吃一盤菜，其餘五人同聲叫好。提議的人先來：「姜子牙渭水釣魚！」說完捧走了一盤魚。「秦叔寶長安賣馬，」第二位神氣的端走了那盤馬肉。「蘇子卿貝湖牧羊，」第三位毫不示弱的拿走了羊肉。「張翼德涿縣賣肉，」第四個把那盤肉端到自己旁邊。「關雲長荊州刮骨，」第五個搶走了一盤醬骨頭。「諸葛亮隆中種菜，」第六個端走了最後一盤青菜。蘇軾一看，這幾個人明明是在戲弄自己，待他們正要吃時，蘇軾不慌不忙地吟道：「秦始皇併吞六國！」說完把六盤菜全部端到自己面前，微笑道：「諸位兄臺請啊！」。六個舉人驚呆了，連連稱讚蘇軾的才學。

## ◐ 猜猜字謎

　　反手（猜一字）（謎底見最後一頁）

◑ **知識小站**

　　酒令，是酒席上的一種助興遊戲，一般是指席間推舉一人為令官，餘者聽令輪流說詩詞、聯語或其它類似遊戲，違令者或負者罰飲，所以又稱「行令飲酒」。據考證，酒令最早誕生於西周時期。此後，飲酒行令在士大夫中特別盛行。行酒令的方式可謂是五花八門。可以擲骰、抽籤、劃拳、猜數等。酒令是用來罰酒。但行酒令最主要的目的是活躍飲酒時的氣氛。但有的時候行酒令時攏拳奮臂，叫號喧爭，有失風度，顯得粗俗、單調、嘈雜。

# 諸葛恪添兩字得一驢

三國時，諸葛恪為東吳大將軍，七歲那年，他隨父親諸葛瑾（字子瑜，吳國的大臣，諸葛亮的哥哥）參加吳王孫權舉行的宴會。酒過數巡之後，孫權有了幾分醉意。他把一個侍者叫到身邊，悄聲說了幾句什麼，侍者走出了客廳。

過了一會兒，那侍者牽著一頭毛驢進來。可笑的是，驢臉上掛著個長長的標籤，上面寫著「諸葛子瑜」四個字（因諸葛瑾的臉長得瘦而長，吳王孫權經常拿他開玩笑，說他長著一副驢臉）。眾人見了，都對著諸葛瑾大笑起來。諸葛瑾面子上有些難堪，心裏雖很生氣，但也不好發作。

諸葛恪見吳王在百官面前如此戲弄自己的父親，很是生氣。只見他快步走到了孫權面前，跪倒在地說道：「請大王允許我在標籤添兩個字！」孫權不明白這個孩子想幹什麼，就說：「行啊！」諸葛恪不慌不忙地取來筆，然後在「諸葛子瑜」四字之下添上「之驢」二字。吳王和滿朝文武大臣看到諸葛恪添上的字，無不驚訝，都佩服這孩子的勇敢和聰明。

吳王沒想到自己竟被這個小孩子將了一軍，不好意思地笑了起來。只好帶著讚揚的口氣說：「孩子，你很聰明，好吧，這頭驢就賞給你了。」諸葛恪智勝

吳王，不但添字得驢，更得到了文武大臣的讚揚。從此，名揚東吳。

## ◎ 走近名人

　　諸葛恪（203-253）字元遜，瑯琊陽都（今山東沂南）人。三國時期吳國大臣。諸葛恪從小就以神童著稱，深受孫權賞識，很年輕時就當上了騎都尉。曾任丹陽太守，平定山越（一個對抗東吳的山寨式武裝集團）。後來，接陸遜的班，任大將軍。孫亮繼位後，諸葛恪掌握吳國軍政大權，率軍抗魏取得東興大捷，頗孚眾望。此後諸葛恪開始獨斷專權，被孫氏設計殺害，並夷滅三族。

## ◎ 猜猜字謎

　　火燼爐冷平添意馬心猿（猜一字）（謎底見最後一頁）

## ◎ 知識小站

　　三族和九族：「三族」一般指父、己、子這三代，也有指父族、母族、妻族這三族的。「九族」也有兩種說法：一說是上自高祖、下至玄孫，即「高祖、曾祖、祖父、父親、己身、子、孫、曾孫、玄孫」。一說是父族四、母族三、妻族二，父族四是指姑之子（姑姑的子女）、姊妹之子（外甥）、女兒之子（外孫）、己之同族（父母、兄弟、姐妹、兒女）；母族三是指母之父（外祖父）、母之母（外祖母）、從母子（娘舅）；妻族二是指岳父、岳母。

　　「三族」一詞，史上最早出現在商代，而後出現了五族、七族、九

族，明成祖時代曾有過登峰造極的十族。「三族」「九族」的出現，與封建社會的刑法制度有很大關係。封建社會實行殘酷的株連法，一人犯法，尤其是犯大法，往往要被滅「九族」，即「株連九族」。

## 陸本松巧寫一萬字

　　清末才子陸本松自小就聰明過人。他六歲開始讀書，十二歲時就到縣裏去投考秀才。縣太爺一看他是個小娃娃，就不讓他報考，說他考不上。陸本松卻對縣太爺說：「你別看我小，沒有學問我也不來參加考試。」縣太爺一聽他人小說話口氣倒挺大，就問他幾歲了，讀了幾年書。陸本松回答：「十二歲了，讀了十二年書。」縣太爺一聽就火了：「十二歲讀十二年書，你這孩子不來搗亂嗎？」於是，他讓手下人把這個孩子轟出去，別在這裏搗亂。陸本松卻不慌不忙地說：「大老爺，先別急，你想想，別人讀書只在白天，我六歲讀書，白天讀六年，晚上讀六年，這不是讀了十二年嗎？」縣太爺一聽，這孩子說話挺有意思，倒被他逗樂了。就說：「好吧，你既然說你有學問，那我先考一考你，答得好，讓你報名；答不好，打完幾十大板再趕你出去。」縣太爺叫人拿來巴掌大的一張紙，遞給陸本松，叫他用這張紙從一寫到一萬。

　　陸本松接過紙來對縣太爺說：「不用這麼大張紙，我只要一半就夠了。」說完便撕下了一半，不慌不忙地寫了幾個字交給了縣太爺。縣太爺一看，紙上寫著：一而十，十而百，百而千，千而萬。縣太爺看了，驚得目瞪口呆：這孩子真是太聰明了，快快讓他

報考。

　　果然，陸本松考了第一名。

## ◉　走近名人

　　陸本松，出生於清朝末年，貴州黎平縣肇興人，陸本松是侗族人，小時候就聰明好學。他白天上學堂，晚上又自學到深夜。因此很有才學，在當地頗有名氣。為人正直，經常幫助家鄉貧苦的鄉親們，用自己的智慧和土豪劣紳進行鬥爭，深得家鄉貧苦百姓的擁護。

## ◉　猜猜字謎

　　加一點有四邊（猜一字）（謎底見最後一頁）

## ◉　知識小站

　　秀才、舉人、進士：秀才、舉人、進士在古代的名稱變換很複雜，我們這裏只簡單說一下。明清時，童生（指沒有參加科舉考試的學子）在「府縣」參加考試（相當於現在地級市的考試），考上後為秀才，秀才屬士大夫中的最低層；秀才參加「鄉試」（相當於現在的省級考試），考中後成舉人，舉人到吏部（管理官員的部門）登記報到，等到有空缺可做低級的官；舉人參加「會試」（相當於現在的教育部考試），考上的叫進士，進士一般直接授予官職，但職務不高。進士有機會參加「殿試」，由皇帝親自組織考試，殿試取中前三名的，分別稱為狀元、榜眼、探花，合稱三鼎甲，基本都可以在朝廷中任官職了。

## 乾隆趣釋「夫」字

有一次，清朝乾隆皇帝和內閣大臣張玉書一起微服私訪，他們在田間看見一農夫肩扛鋤頭往家走，乾隆就故意跟張玉書開玩笑地問：「他是什麼人？」張玉書不解皇帝的意思，忙答道：「他是個農夫。」乾隆又問：「那農夫的『夫』字怎麼寫？」張玉書順口回答說：「就是兩橫一撇一捺，轎夫之夫、孔夫子之夫、夫妻之夫和匹夫之夫都這麼寫呀。」乾隆皇帝看了看張玉書，搖了搖頭說：「你說的不呀，你還是首輔大臣呢，怎麼連一個夫字的寫法也辨別不清？」遭到乾隆指責，張玉書有點丈二和尚摸不著頭腦，連忙說：「臣愚鈍，請皇上指教！」乾隆皇帝故作高深地說：「轎夫肩上扛竿，所以轎夫的『夫』先寫人字，再加兩根竿子；孔夫子上懂天文，下曉地理，孔夫子的『夫』字寫個天出頭便是；夫妻是兩個人，所以，夫妻的『夫』先寫二字，後加人字；匹夫是指大丈夫，這個『夫』字先寫大字再加一便是，而農夫是刨土之人，農夫的『夫』應上寫土字，下寫人字。」乾隆的解釋隨意、幽默、有趣，張玉書歎服不已。

### ◐ 走近名人

乾隆（1711-1799），清高宗，清軍入關後的第四任皇帝，在位六十年。乾隆即皇帝位後，整頓吏治，優待士人，獎勵墾荒，興修水利，促進了清朝封建經

濟的繁榮；他多次平定西部少數民族上層貴族的叛亂，反擊廓爾喀對西藏的入侵，鞏固了多民族封建國家的統一，奠定了今日中國的版圖；但是，他六下江南，大修園林宮殿，也浪費了國家許多錢財，大興文字獄也殘害了許多有才華的人。

## ◕ 猜猜字謎

兩人力大衝破天（猜一字）（謎底見最後一頁）

## ◕ 知識小站

什麼是內閣，內閣是政府高級官員代表政府各部門商議政策的組織。是我國明、清時代最高官署名。明朝開國皇帝朱元璋因擔心宰相權力過大而架空君權，決定廢宰相，置華蓋殿、謹身殿、武英殿、文淵閣、東閣等大學士，為皇帝顧問，幫助皇帝處理國政。明成祖時，特派解縉、胡廣、楊榮等入午門值守文淵閣，參與重要事務，稱為內閣。內閣一詞由此而來。

# 王獻之「大」變「太」，只有一點像羲之

　　東晉書法家王獻之從小就跟父親王羲之學寫字，練習書法。練了十年，他覺得自己寫得也可以了，但當他寫了篇字拿給父親看時，父親卻是搖頭說不行。又過了一段時間，王獻之又寫好了一篇字，拿給父親指點。父親指著其中的一個「大」字，說：「這個字寫得不勻稱，上緊下鬆，顯得很不好看。」說著，提起筆在「大」字下邊加了一個點，成為「太」字，經過這麼一改，這個字就好看多了。

　　王獻之雖然看著經過父親改過的字好看多了，但表面上還是很不服氣，就拿著這篇字去給母親看。母親仔細看了半天，指著其中的「太」字說：「吾兒磨盡三缸水，唯有一點似羲之。」聽了母親的話，王獻之知道自己功夫還很不夠，於是，更加刻苦地鍊字。後來，也終於成為與他父親齊名的大書法家。

## ◑ 走近名人

　　王獻之，字子敬，東晉琅琊臨沂人，書法家、詩人，祖籍山東臨沂，生於會稽（今浙江紹興），是大書法家王羲之第七子。以行書和草書聞名後世。王獻之幼年隨羲之學書法。書法眾體皆精，尤以行草著名，敢於創新，為魏晉以來的今楷、今草作出了卓越貢獻，在書法史上被譽為「小聖」，與其父並稱為

「二王」。但王獻之留存世上的作品很少。

## ◖ 猜猜字謎

一加一不是二（猜一字）（謎底見最後一頁）

## ◖ 知識小站

王獻之練字寫字典故：有一次，父親看小獻之正聚精會神地練習書法，便悄悄走到背後，突然伸手去抽小獻之手中的毛筆，小獻之握筆很牢，沒被抽掉。父親很高興，誇讚他將來一定會天下聞名。還有一次，王羲之的一位朋友讓小獻之在扇子上寫字，小獻之揮筆便寫，字寫完時，一沒注意墨水落在扇了上，小獻之靈機一動，提筆把這一滴墨水變成一隻栩栩如生的小牛。朋友對小獻之書法繪畫讚不絕口。

## 歐陽修勸人不用生僻字

　　宋祁是北宋文學家，他寫文章愛用生僻的字詞，以顯示自己博學多才。有些語句本來很好懂，經過他用生僻字後反而變得不好懂了。宋祁參與修訂《新唐書》的工作，這時，他就喜歡用生僻字。比如，「蓬生麻中，不扶而直」這是很好懂的句子，宋祁偏偏要改為「蓬在麻，不扶而挺」，用「挺」來代替「直」字，讓人就不好理解。

　　後來，大文學家歐陽修也參與進來修訂《新唐書》，看到宋祁愛用生僻字，不方便人們閱讀，很想給宋祁提出來。但宋祁比歐陽修大二十歲，宋祁是前輩，歐陽修不好直說。

　　有一天，歐陽修去探望宋祁，剛巧宋祁不在，他靈機一動，便在門上寫道：「宵寐匪貞，札闥洪休。」隨後就在附近散步等宋祁。宋祁回來，瞧見門上寫的幾個字，沒明白是什麼意思。這時，歐陽修轉了回來，笑著告訴他，這幾個字是自己寫的，是「夜夢不祥，題門大吉」的意思。這時，宋祁不以為然地說：「你就寫『夜夢不祥，題門大吉』好了，何必用這些冷僻字眼，讓人看不明白呢？」

　　歐陽修聽了，哈哈大笑，說：「這就是您老修《新唐書》的手法啊！『迅雷不及掩耳』，多明白，

您偏寫什麼『震雷無暇掩聰』，這樣寫出的史書怕有許多人讀不懂啊？」
宋祁聽了，自覺慚愧，表示以後要注意這個問題。

## 走近名人

　　歐陽修（1007-1073），字永叔，號醉翁，又號六一居士。吉安永豐
（今屬江西）人。歐陽修四歲喪父，隨叔父在今天的湖北隨州長大，幼年
家貧無資，母親鄭氏以荻（像蘆葦一樣的植物）畫地，教他識字。歐陽修
自幼喜愛讀書，常常借書抄讀，他天資聰穎，又刻苦勤奮，往往書不待抄
完，已能成誦；少年習作詩賦文章，文筆老練，有如成人，其叔由此看到
了家族振興的希望，曾說他「他日必名重當世。」成年後，歐陽修到朝廷
做官，曾做過樞密副使、參知政事、兵部尚書等職，成為北宋卓越的文學
家、史學家，千古文章四大家之一。

## 猜猜字謎

　　真丟人（猜一字）（謎底見最後一頁）

## 知識小站

　　千古文章四大家：韓，柳，歐，蘇，韓是唐代韓愈、柳是唐代的柳宗
元、歐是北宋歐陽修、蘇是北宋的蘇軾。他們的代表分別是：韓愈的〈師
說〉，柳宗元的〈永州八記〉，歐陽修的〈醉翁亭記〉，蘇軾的〈赤壁賦〉
等。

八

名人與錯別字篇

人物譜

韓復榘・民國時期軍閥之一，官至國民黨陸軍上將。在抗日戰爭中，因其不戰
　　　　而放棄濟南並密謀反蔣，被蔣介石以「違抗命令，擅自撤退」的罪名
　　　　處決。

康　熙・清朝皇帝。八歲登基，在位六十一年，是中國歷史上在位時間最長的
　　　　君主。他奠定了清朝興盛的根基，開創出康乾盛世的局面，是一位英
　　　　明的君主、偉大的政治家。

孔　子・中國春秋末期的思想家和教育家，儒家的創始人。孔子是集華夏上古
　　　　文化之大成者，是當時社會上最博學者之一，被後世尊為孔聖人、萬
　　　　世師表。

## 韓復榘 錯寫一字，堂叔坐牢

民國時期，韓復榘作為山東省政府主席，集軍政大權於一身，聲勢顯赫。他一個堂叔，前清秀才出身，在家無業，到濟南找到他，想謀個工作養家糊口。韓復榘滿口答應，立即寫手令，連同其叔的登記表裝入一個文件袋，命人送交秘書長速辦。秘書長接過手令一看，大吃一驚，韓主席這是什麼意思呢？是不是弄錯了。又一想，估計，這個人得罪了韓主席，照手令辦吧。於是，立即派人將老頭抓起來，關押到軍法處。

一個多月後，韓召開一個會議，坐在主席臺上東張西望，問秘書長：「我那親屬老太爺怎麼沒來參加會議？」秘書長說：「老太爺關押在軍法處還沒放出來哩。」「混蛋！」韓復榘大發雷霆：「誰讓你們把老太爺抓起來的？」秘書長就蒙了：「主席，是您讓我把他抓起來的！」韓復榘也迷糊了：「混扯，我什麼時候讓你把他抓起來了！」

秘書長趕緊跑回辦公室，取回韓的手令，韓一看寫的是「抓軍法處」，便理直氣壯地說：「我這不明明寫的『派軍法處』，讓他當秘書的嗎？你們為什麼抓他？」秘書長小聲說：「『派』字是三點水旁，您這寫的是提手旁，寫成『抓』了。」韓復榘眼一瞪說：「幹什麼事不要用『手』呀！快去請老太爺來開

會！」

　　老太爺被放出來後聞知此事，一肚子怨氣，一句話不說，提筆寫了一首詩：

　　一紙公文「派」作「抓」，老爺無故坐軍法。
　　若教留在濟南府，「手令」來時定嚇煞。

　　寫好後往韓復榘桌上「啪」地一放，袖子一甩回老家去了。

## ◎ 走近名人

　　韓復榘，字向方，民國時期軍閥之一，曾聲震西北、華北、中原各地，風雲一時，後投靠蔣介石，官至國民黨陸軍上將。在抗日戰爭中，因其不戰而放棄濟南並密謀反蔣，被蔣介石以「違抗命令，擅自撤退」的罪名處決。

## ◎ 猜猜字謎

　　半抓半爬（猜一字）（謎底見最後一頁）

## ◎ 知識小站

　　「濟南」名稱的由來：漢朝初年，如今的濟南當時被設立為濟南郡，含義為「濟水之南」，是地理方位形成的地名。濟水即俗稱大清河，古叫濟水。後因黃河改道被其奪取河床，成為黃河下游的幹流河道。而「濟南」這個地名還是保存了下來，濟南也由此得名。自明朝以來，濟南一直

是山東省省會。一九二九年七月設立濟南市。一九四八年九月，中國人民解放軍解放濟南，設「濟南特別市」。一九四九年五月，復稱「濟南市」至今。

# 趙旭

## 異寫一字，功名失掉

　　北宋仁宗時，有個文人叫趙旭，在一次殿試時文章出眾，堪稱榜首，眾考官一致推薦趙旭為狀元，仁宗皇帝也覺得很好，但細看他寫的字，有些不正規，把「唯」字的「口」字旁寫成了「厶」。宋仁宗對趙旭說：「卿文章錦繡，然將『唯』字的『口』旁寫成了三角，有失規範。」不想，這個趙旭一看皇帝都召見了自己，自己成為狀元已是鐵板釘釘的事，就有些忘乎所以了，高聲答辯說：「口」與「厶」在書法中是可以通用的。

　　宋仁宗一聽不高興了，提朱筆寫了「去吉、呂臺、私和、句勾」幾個字，擲給他說，你既然說「口」與「厶」可通用，就將這幾個字一一辨來。趙旭一看，這幾個字無法通用，一下子傻眼了，張口結舌無法對答。

　　宋仁宗當即決定不予錄取，命其回家重新讀書習字。這位狂生趙旭，就因為一個不規範字，把到手的狀元給弄丟了。當時有人寫詩嘲諷他：十年寒窗十年苦，一朝及第入仕途。只為一字多口舌，摘去功名再讀書。

### ◖ 走近名人
　　趙旭，四川成都人，生卒年不詳。據記載，趙旭

丟了狀元後，回到家中很是苦悶，題詞一首，其中有這樣的句子：「『唯』字曾差，功名落地，天公誤我平生志。」一年後，愛惜人才的宋仁宗想起趙旭因一字差誤未被錄取的事，又叫人將趙旭找來。和他交談時，知道趙旭志向高遠，宋仁宗又安排他在家鄉做了一名地方官。

## ◖◗ 猜猜字謎

惟有口無心（猜一字）（謎底見最後一頁）

## ◖◗ 知識小站

宋仁宗是一個開明的皇帝，他勵精圖治，勤政愛民，希望能開創北宋的盛世局面，因此，在選拔人才方面特別細心。當時，國家選拔人才主要是通過科舉考試，宋仁宗對於科舉考試的要求非常嚴格，要求考生不僅要保持卷面整潔，答題時若出現錯別字、塗改等，除了扣分之外，嚴重者考卷作廢，取消錄取資格。

# 子夏 「三豕過河」是何意

孔子的學生子夏去晉國講學，在河邊，遇到一個書生在那裏搖頭晃腦地讀書，當讀到「晉軍三豕過河」時，百思不得其解。聽說子夏是來講學的，肯定是個有大學問的人，那個書生就上前請教子夏。子夏拿過書研究了半天，也沒明白「三豕過河」是何意。

但子夏是個做學問很較真的人，他把這件事牢牢記在心裏，對此進行了認真的考證。原來：「三豕過河」應該是「己亥過河」。由於作者寫草書的原因，那個書生讀的那冊書中，把「己」變成了「三」，「亥」變成了「豕」，「己亥」指的是一個時間，因寫錯字「三豕」則成了三隻豬，又以訛傳訛，沒有人去質疑，去糾正，就變成了「三豕過河」了。

## ◑ 走近名人

子夏（前507-？）姓卜，名商，字子夏，後亦稱「卜子夏」、「卜先生」，春秋末年晉國人。孔子的著名弟子，「孔門十哲」之一。子夏是繼孔子之後，系統傳授儒家經典的第一人，對儒家文獻的流傳和學術思想的發展作出了重大的貢獻，被後世譽為傳經之鼻祖。

◑ **猜猜字謎**

一減一不是零（猜一字）（謎底見最後一頁）

◑ **知識小站**

孔門十哲：我們聽說過孔子弟子三千，賢人七十二。實際上，孔子門下最優秀有十位學生。他們分別是：子淵、子騫、伯牛、仲弓、子有、子貢、子路、子我、子游、子夏。

# 康熙

## 亂寫漢字不知意

　　清代的康熙皇帝，是個喜歡舞文弄墨之人，他在當皇帝時題了不少字，並且經常根據自己的想法亂寫漢字，但因為他是皇帝，也無人敢去矯正。

　　在承德避暑山莊，門前有個大大的「避暑山莊」牌匾，是康熙皇帝親筆題的，在「避」字的「辛」字旁下面，康熙有意加上了一橫，預示著大清王朝的江山更穩定。但不知道這回事的人，就讀不懂了。

　　杭州西湖十景之一的「花港觀魚」碑，也是康熙皇帝的手跡。繁體漢字的「魚」字下面是四點，可康熙皇帝在寫這個字時，故意在「魚」字底部用三點。後人猜測：在漢字裏，三點為水，四點為火。「魚」字底部是四點，有火之疑。魚遇火必死，遇水才能生。康熙信奉佛教，崇尚好生之德，故意將「魚」字底部的四點改寫成三點，可能是以示自己好生之意吧。

## ◑ 走近名人

　　康熙（1654-1722），名愛新覺羅·玄燁，清聖祖仁皇帝，清朝第四位皇帝、大清定都北京後第二位皇帝。年號康熙：康，安寧；熙，興盛——取萬民康寧、天下熙盛的意思。康熙帝八歲登基，在位六十一年，是中國歷史上在位時間最長的君主。他奠定了清

朝興盛的根基，開創出康乾盛世的局面，是一位英明的君主、偉大的政治家。

## ◑ 猜猜字謎

無頭無尾一畝田（猜一字）（謎底見最後一頁）

## ◑ 知識小站

什麼是繁體字：簡單地說，繁體字指漢字簡化後，被簡化字所代替的原來筆劃較多的漢字。繁體字俗稱深筆字，也有稱正體字的。是在中國大陸頒佈了簡化字總表後，用以特指稱原有的一套書體（新的書體稱為簡體）。顧名思義，繁體字的筆劃比簡體字多（也有少數例外）。

## 孔光嗣　富不出頭去一點

　　山東曲阜的孔府，是中國最有文化氣息的地方，遊人到孔府，在大門前能看到大門正上方懸掛著一塊藍底金字「聖府」匾額，兩側有一副對聯是這樣寫的：「與國咸休安富尊榮公府第，同天並老文章道德聖人家」。人們在稱讚這副好聯時，如果稍加注意，就能看到：上聯中的「富」字少上面一點，寶蓋頭成了禿寶蓋；下聯的「章」字下面的一豎一直通到上面。這孔府大門上怎麼會弄出錯別字這樣的笑話？其實，這不是笑話，而是最有文化內涵的「錯別字」之一。

　　相傳，在孔子第四十二代孫孔光嗣成親那一天，來客人山人海，除了親戚朋友外，更多的是文化名流。有人當場吟詩作對，有人拍手叫好，好不熱鬧。正在眾人評說門前那幅對聯時，有一個道人從孔府門前路過，也停下腳步來看，看了一會兒，那道人高聲地對眾人說：「貧道覺得這幅對聯用字應該改一改。」眾人都感到很吃驚，還有敢改孔府大門上的對聯的，這不是高人就是瘋子。

　　正在招待客人的孔光嗣聞聽後，急忙擠到道人旁邊，對他下拜道：「請高人指點。」當那道人知道這個人就是孔府的主人時，他說：「那我就不客氣了。」於是，要來一支筆，叫人搬來梯子，把上聯中的

「富」字上的一點抹去，又把「章」字下的一豎畫出了頭。

孔光嗣和眾人都感到奇怪，有些不解，問那道人討教：「請教高人，能指點一下為什麼這樣改？」那道人笑了笑，道出了玄機：「孔家是文化之家，不宜過富，『富』不要出頭，所以要去一『點』。但孔府是文化之地，文章應該通天，所以要加一『豎』。」

兩個字經高人這樣一改，一下子就體現孔府這個非常門第的身份。孔光嗣和眾人連連叫絕，紛紛稱讚這是神來之筆。

## ◑ 走近名人

孔光嗣，孔子四十二代孫，生於唐朝末年。那時戰亂不休，唐朝皇室自顧不暇，對孔氏家族的優待也遠不如以前，因此孔光嗣未能承襲文宣公的爵位，只被任命為泗水縣縣令。不久，孔景的後裔孔末見天下大亂，起了謀逆奪位的野心，帶領一夥人將生活在曲阜的孔氏一一殺害，又到泗水殺了孔光嗣，奪其家產，取代其位，主孔子祀，儼然以孔子嫡裔自居。後來，有人將孔末假冒嫡裔之事告諸官府，朝廷誅殺了孔末。讓孔光嗣的兒子孔仁玉繼承文宣公的爵位。

## ◑ 猜猜字謎

孔中有孔，洞中有洞（猜一字）（謎底見最後一頁）

## ◑ 知識小站

孔府，是孔子嫡長子孫的府第，即衍聖公府，在曲阜市內孔廟東鄰。

為歷代衍聖公的官署和私邸。始建於宋仁宗寶元年（1038），後多次重修、擴修，為我國僅次於北京故宮的貴族府第，號稱「天下第一家」。中華人民共和國成立後，政府多次撥款重修，並把孔府劃為全國重點文物保護單位。一九九四年，孔府被聯合國教科文組織列入世界文化遺產名錄。

人 物 譜

茅　盾・中國現代著名作家、文學評論家和文化活動家以及社會活動家，五四
　　　　新文化運動先驅者之一，我國革命文藝奠基人之一。

張大千・二十世紀中國畫壇最具傳奇色彩的國畫大師，無論是繪畫、書法、篆
　　　　刻、詩詞都十分精通。早期專心研習古人書畫，特別在山水畫方面卓
　　　　有成就。

徐悲鴻・年青時出國深造，學習繪畫。他是中國現代美術事業的奠基者，傑出
　　　　的畫家和美術教育家。

## 高士其
## 更名立志不為官和錢

我國著名科普作家高士其，原名高仕鎮，「仕」是家族中的輩份，「鎮」是因為算命先生說他「命中缺金」，家裏人給他加上「金」字旁。

一九三〇年，高仕鎮在美國芝加哥醫學院學成後回國，任南京醫學院檢驗科主任。他實在看不慣國民黨貪污腐敗、媚上欺下的官僚作風，毅然拋棄官職不做，應《讀書生活》半月刊之邀請，專門從事科普文章的寫作。

高仕鎮在發表第一篇科普小品〈細菌的衣食住行〉時，署名「高士其」。把「仕」字的「人」字旁和「鎮」字的「金」字旁去掉了。朋友問他何以如此更名？他說：「扔掉『人』旁不做官，扔掉『金』旁不為錢。」高士其更名立志，被世人傳為佳話。

### ◑ 走近名人

高士其（1905-1988），原名仕鎮，福建閩縣（今福州市區）人。高士其少年時勤奮好學，十三歲時考入清華留美預備學校。二十歲時畢業於清華大學，後去美國留學。本來應該讀化學研究生，當看到許多病人被病魔奪去生命時，他毅然轉學攻讀細菌學，要為拯救勞苦大眾與病魔作鬥爭。一次在做腦炎病毒的實驗過程中，不幸被病毒感染，從此留下了終生不治的

殘疾。

## ◖ 猜猜字謎

十一個讀書人（猜一字）（謎底見最後一頁）

## ◖ 知識小站

算命先生是做什麼的？所說的算命先生，實際上就是憑三寸不亂之舌經營算命生意謀生的人，他們多是一些江湖騙子、遊手好閒的人，或者粗通一些《周易》知識、或者號稱懂八卦、會看手相面相、能解災避禍，並以此招搖撞騙。他們聲稱能為人預測命運和未來等等，所以稱算命先生，實際上他們的行為是一種封建迷信活動。

## 茅盾 在「矛盾」中奮進

文學巨匠茅盾本名沈德鴻。年少時的沈德鴻學習勤奮，經常表現出憂國憂民、扶正祛邪的思想。後來，他積極參加革命活動。一九二七年大革命失敗後，他從武漢回到上海，一時心中很是苦悶，聽從朋友的勸告，開始寫小說，拿起自己的筆，同反動派戰鬥。

他的名作《幻滅》稿子寫完後，準備在葉聖陶代編的《小說月報》上發表。可在當時，他正被蔣介石政府通緝，如果用真名，將會給他自己，以及葉聖陶和《小說月報》招來麻煩，加之他當時思想也確實處在一個苦悶痛苦的矛盾中，於是他隨手寫了「矛盾」二字作筆名。

在編輯時，葉聖陶認為「矛盾」二字顯然是假名，仍然會招來麻煩，於是便在「矛」字上加了一個草字頭成為「茅盾」。以後沈德鴻便一直沿用這個筆名。

### ◐ 走近名人

茅盾（1896-1981），原名沈德鴻，字雁冰。浙江嘉興人。七歲時，茅盾進家塾學習，由繼母親自指導學習新學。八歲時進小學讀書。成為中國現代著名作家、文學評論家和文化活動家以及社會活動家，五四

新文化運動先驅者之一，我國革命文藝奠基人之一。

## ◖ 猜猜字謎

白頭的我（猜一字）（謎底見最後一頁）

## ◖ 知識小站

筆名：作者發表作品時用的別名。這種現象，與當時作者所處的時代，面臨的社會環境，複雜的鬥爭情況，以及作品反映的內容，乃至作者的審美情趣等因素密不可分。比如，中國封建社會，小說被人輕視，不能登大雅之堂，所以，有些小說的作者顧及名譽，即使用筆名。例長篇小說《金瓶梅》，作者是蘭陵笑笑生，即是筆名。五四運動以後，許多作者，特別是一些針砭時弊、抨擊黑暗、具有強烈戰鬥性的雜文的作者，為避免反動政府的迫害，都使用筆名。茅盾、巴金、老舍等都是筆名。今天，也有用筆名發表作品的，但原因很多。比如，自己的本名不夠讓自己滿意，因而換自己所喜愛的名字。也有與個人的個性、創作的體裁、個人的感情等原因有關的。

# 沈尹默
## 默不作聲不用口

　　詩人、書法家沈尹默原名沈君默，他生來不善辭令，不願意多講話，是在別人面前一說話就臉紅的人。別看沈君默不願意在人前說話，但學問卻少有人能比。因此被北京大學聘去做教授。因為他不善言談，幾個要好的朋友經常為此和他開玩笑。

　　有一天，有位朋友和他開玩笑地說：「君既默不作聲，何必又多張口？」其弦外之音是，既然你名字中有了「默」字，「君」字下方的「口」豈不多餘？

　　沈君默一想也是，加上當時國民黨政府又不許百姓隨便談論國事，於是受朋友啟發，為張揚個性，且寓諷意，沈君默乾脆把「君」字下面的「口」去掉，更名沈尹默，之後一直沿用終生。

### ◑ 走近名人

　　沈尹默（1883-1971），原名君默，字秋明，號君墨，浙江湖州人，著名的學者、詩人、書法家、教育家。早年曾二度遊學日本，歸國後先後執教於北大等地，與陳獨秀、李大釗、魯迅、胡適等一起辦《新青年》，為新文化運動的得力戰士，也是著名的民主人士。

◐ **猜猜字謎**

　　京中不見伊人容（猜一字）（謎底見最後一頁）

◐ **知識小站**

　　國事與國是：這兩個詞我們經常在報紙、書刊上看到，它們有什麼區別呢？「國事」與「國是」都指國家的政務、政事。但二者同中有異：「國事」既可指國家大事、政事，也可泛指一切跟國家有關的事務；而「國是」則專指國家大事、國策、規劃等重大事務，有政策法規等含義。並且「國是」所指的國家大事則嚴格限用於國人在中央所議之國家大事。如黨和國家領導人與政協委員「共商國是」。在實際使用上，「國是」要比「國事」的範圍窄，因此不能用「國是」替代「國事」。

## 端木蕻良「蕻良」即是「紅高粱」

端木蕻良原名曹漢文，一九三六年，曹漢文要在《文學》雜誌發表他的第一個短篇小說〈鷺鷥湖的憂鬱〉，他覺得自己「曹漢文」很普通，又常有和自己重名的。於是，就想取一個響亮點的，不與別人重名的筆名。這個筆名還真費了一番事。

他先用稀有的複姓『端木』作姓，又把他印象很深的東北家鄉的紅高粱中的「紅粱」移作名字。這樣他的名字就成了『端木紅粱』。但當時正處於白色恐怖之時，公開亮出象徵革命的「紅」字，必將招惹是非，編稿子的編輯也覺得「紅」字在當時惹眼犯忌，很容易招來嫌疑。曹漢文又把「紅」字改為「蕻」字。後覺『蕻粱』二字組合起不理想，不像人名。

作家王統照編發稿子時，也覺得端木蕻粱含意模糊，於是將「粱」字改為「良」。這樣「端木蕻良」就成了曹漢文的筆名。

### ◑ 走近名人

端木蕻良與蕭紅。蕭紅是現代著名女作家，一九三八年，蕭紅和端木蕻良一起在山西「民族革命大學」任教。他們開始認識並相互接觸，隨後，他們去了武漢，在那裏舉行了婚禮，成為一對作家夫婦。後來，日軍轟炸武漢，他們又撤離到重慶，再前往香港

避難。在香港，他們一起創作，蕭紅完成了他的著名小說《呼蘭河傳》，端木蕻良也創作了他的著名小說《科爾沁前史》。一九四二年一月，三十一歲的蕭紅英年早逝。

## ◖ 猜猜字謎

浪費米糧（猜一字）（謎底見最後一頁）

## ◖ 知識小站

什麼是複姓：指由二個以上漢字的組成的姓，如歐陽、上官、司馬、公孫、端木等。複姓的來源很廣泛：比如，由封邑而來，周朝時，有個名叫魏顆的人因功受封於令狐邑，其後人遂以「令狐」為姓；因居地而來，周朝時，齊國的一個官員居住在國都臨淄東郭，其後人遂以「東郭」為姓；由人名而來，有個名叫端木的人，是周文王的老師，他就給兒子起名端木典，其後人就以端木為姓……，我們這裏不一一列舉。

# 王朝聞

## 為聞道，「昭文」改「朝聞」

美學家、評論家王朝聞原名王昭文。長輩給他取名昭文，是取《論語》中「鬱鬱乎文哉」之意，意思是說，一生都要和「文」聯繫在一起了。

成年後，王昭文覺得自己一生為「文」還不夠，為了尋求藝術、人生和革命的真理，一九三三年，二十二歲的王昭文將名字改為「王朝聞」。取意《論語‧里仁》「朝聞道，夕死可矣」，意思是：早上明白了道理，晚上就死去也可以了。他決心以拼死聞道的精神求知求真，讓自己的生命微光與祖國獨立富強的光明未來融為一體。更名王朝聞，更是表示他要以對真理不懈的追求為自己一生的責任。

### ◑ 走近名人

王朝聞（1909-2004），原名王昭文，筆名汶石等，生於四川省合江縣。王昭文少年時就頗有文采，十幾歲在成都求學時，就在報紙上發表文章，還寫過劇本和中篇小說。他是著名的雕塑家、文藝理論家、美學家、藝術教育家。王朝聞一生筆耕不輟，著作等身，晚年仍以「夕不甘死」自勉，天天黎明即起，奮筆寫作。

## ◗ 猜猜字謎

白首不見召（猜一字）（謎底見最後一頁）

## ◗ 知識小站

「著作等身」是什麼意思。「著作等身」是一句成語，出自《宋史·賈黃中傳》中的一句話：「黃中幼聰悟，方五歲，玭每旦令正立，展書卷比之，謂之等身書，課其誦讀。」形容一個人著述極多，疊放起來能跟這個人的身高相等。這個詞主要用來形容文學創作人士的，所以，不能用來形容普通的人。

# 常香玉 「香玉」只為學「項羽」

著名豫劇表演藝術家常香玉，原名張妙玲。出生在一個貧苦農家，自幼隨父親學戲，六歲時在鄰村的土檯子上第一次觀看了梆子戲《甩大辮》，從此便喜歡上了唱戲，心中便深深埋下了一顆學習唱戲的種子。九歲時，為救場，第一次登臺演出了《鍘美案》，在劇中飾演一個孩子。父親也覺得他很有天賦，也支持她學戲。可是當時，她的家鄉豫西一帶還沒有女孩子唱戲演戲，一些思想封建的人都認為女孩子學戲不是正道，張家的族長也認為張妙玲學唱戲是辱沒祖宗的事，所以，要管一管，要阻止她學戲、演戲。

有一天，族長來找到妙玲的父親，告訴他張妙玲「要姓張不能唱戲，要唱戲不能姓張。」張妙玲的父親一時也很生氣，態度強硬地告訴族長：百家姓上有的是姓，孩子愛學戲就讓她學，從現在起妙玲姓常（因為妙玲有個乾爸姓常），族長碰了一鼻子灰走了。

父親坐在家裏為此有些生氣，心想乾脆把妙玲的名字也改了！改什麼呢？他想起了唱戲的楚霸王，力氣大，武藝高，名叫項羽，這個名字好，又是「香」，又是「玉」（「項羽」兩字的發音在他們家鄉與「香玉」相似），就叫「香玉」吧。妙玲的父親不識字，於是就將「項羽」變成了「香玉」，常香玉的

名字從此就叫開了。

## ◖ 走近名人

常香玉（1922-2004），原名張妙玲，出生在河南鞏縣（今河南鞏義市）。從小鼓勁唱戲。成人後，因為拒做童養媳和家族親戚決裂，隨父母舉家到外地謀生，逐漸開始藝術生涯。憑著對藝術的不斷追求，常香玉的表演藝術達到爐火純青的程度，成為豫劇表演藝術家。二〇〇四年國務院追授常香玉為「人民藝術家」榮譽稱號，二〇〇九年，她被評為一百位新中國成立以來感動中國人物之一。

## ◖ 猜猜字謎

復習（猜一字）（謎底見最後一頁）

## ◖ 知識小站

童養媳，從小被人家領養、等長大就跟這家的兒子結婚的女孩子，又稱「待年媳」、「養媳」。舊時，童養媳在我國非常流行。之所以如此，原因就是當時的社會非常貧窮落後，老百姓的生活十分困難，一些貧窮的百姓家因家境貧寒而養不起孩子，只把女孩子從小就賣給別人家，待長到十四五歲時，就做人家的兒媳婦。養童養媳的家庭，有一些是因家窮娶不起兒媳婦的，也有富裕人家的。童養媳到了別人家後，絕大多數都會受到虐待，有的常遭到打罵，過著極其悲慘的生活。

# 陶行知由「知行」到「行知」

我國著名教育家陶行知，原名陶文俊，他年輕時信奉中國明代最著名的思想家、哲學家王陽明的「知是行之始，行是知之成」（意思是說：知是行的開始，行是知的完成。道德支配下的意念活動是行為的開始，符合道德規範要求的行為是「良知」的完成。實際是這是一種唯心主義的思想）的哲學思想，於是改名陶知行。意思是要讓自己知行合一。

後來，他通過教育實踐，認識到自己過去信奉的「知是行之始，行是知之成」的思想是不正確的，於是四十三歲時，他在《生活教育》上發表《行知行》一文，論述並主張「行是知之始，知是行之成」，於是又把自己的名字改為「行知」。意思是，只有更多的行動起來，才能獲得更多的認識。表明他從唯心主義的認識論向唯物主義的認識論的轉化和發展。

## ◑ 走近名人

陶行知兒時家境貧寒，為節省理髮錢，母親總是親自為他理髮，常常剃個光頭，鄉里大人都叫他小「和尚」。由於天資聰慧，愛好讀書，十二三歲，就能背誦「四書」、「五經」中不少篇章，人們又喜歡稱他陶子。陶行知為我國教育事業作出傑出貢獻。毛澤東稱他是「偉大的人民教育家」。

◻ **猜猜字謎**

白首雄心一丈夫（猜一字）（謎底見最後一頁）

◻ **知識小站**

陶行知的教育名言：他認為，作教師的，一要誠實無欺；二要謙和有禮；三要自覺紀律；四要手腦並用；五要整潔衛生；六要正確敏捷；七要力求進步；八要負責做事；九要自助助人；十要勇於為公；十一要堅韌沉著；十二要有始有終。

## 徐悲鴻 「悲鴻」悲如鴻雁哀鳴

我國著名油畫家徐悲鴻，原名徐壽康。徐壽康出身貧寒，但從小卻很有志氣。九歲起正式跟隨父親學習繪畫，每日午飯後臨摹晚清名家吳友如的畫作一幅，並且學習調色、設色等繪畫技能。十歲時，已能幫父親在畫面的次要部分填彩敷色了。十三歲隨父輾轉於鄉村鎮裏，賣畫為生，接濟家用。背井離鄉的日子雖然艱苦，卻豐富了徐壽康的閱歷，開拓了其藝術視野。因為遇到一些被人瞧不起的事情，也培養了他堅強的性格。

有一次，徐壽康到一個富裕的親友家去吃喜酒，參加吃喜酒的許多有錢的子弟都穿著綢衣，而徐壽康卻因家境貧寒只穿了一件布大褂，他遭到在場一些人的冷落，從此他立志要使自己成為一個有才能的人，不讓那些人小瞧。

為了能多學習一些知識，小徐壽康想進「洋學堂」讀書，但父親拿不出錢給他。於是他便去向別人借錢，可是誰也看不起他這個「窮小子」，沒人願意借錢給他，這使他深感前途的渺茫，世態的炎涼，不禁悲從中來，想到了哀鳴的鴻雁，從此改名為「悲鴻」。此後他一直以悲鴻自詡，並發憤學習繪畫藝術，終於成了一代藝術大師。

## ◉ 走近名人

徐悲鴻（1895-1953），江蘇宜興人。十七歲時，徐悲鴻獨自到當時商業最發達的上海賣畫謀生，後來又出國深造，學習繪畫。他是中國現代美術事業的奠基者，傑出的畫家和美術教育家。他的代表作油畫《田橫五百士》、《九方皋》、《愚公移山》、《奔馬圖》等。

## ◉ 猜猜字謎

一口咬破衣（猜一字）（謎底見最後一頁）

## ◉ 知識小站

徐悲鴻和外國同學較勁的典故：徐悲鴻剛剛去法國留學的時候，有一位外國同學瞧不起中國，也瞧不起徐悲鴻，徐悲鴻義正詞嚴的對那個同學說：「既然你瞧不起我的國家，那麼好，從現在開始，我代表我的國家，你代表你的國家，我們等到畢業的時候看看誰的成績更優秀。」此後，徐悲鴻更加發憤圖強，努力練習，鑽研繪畫技藝，後來一畫驚人，震驚了巴黎藝術界，那位同學早已經不能和他相提並論了。

## 老舍

## 「舍予」就是「舍我」

老舍先生是現代著名作家，他的原名叫舒慶春，是父母所起。因為他出生在陰曆臘月二十三那天，離春節只差七天，父母為圖吉利，為他取名「慶春」，是慶賀春天到來的意思。

後來，舒慶春到中等師範學校上學的時候，他為自己起了一個別名，叫「舒舍予」。怎麼想到這樣起名了呢？舒慶春見許多同學都有個別名，於是決定給自己也起一個。起什麼名字呢？他想了想，把自己的姓拆成兩半，成為「舍予」二字。這兩字又有意義，古代漢語中「予」是我的意思，「舍予」就是「舍我」——放棄私心和個人利益的意思，也有奉獻自己的含義。舒慶春對自己這個別名很滿意。

一九二六年，舒舍予發表長篇小說《老張的哲學》時，需要一個筆名，舒舍予又取「舍予」中的頭一字，前面加一個「老」字，成為「老舍」，當作自己的筆名。這個「老」並不表示年齡大，而是含有一貫、永遠的意思，合起來就是一貫、永遠「忘我」。他用「老舍」這一筆名發表了大量文學作品，以致不少人只知道「老舍」而不知舒慶春是誰了。

◐ 走近名人

老舍（1899-1966），本名舒慶春，字舍予，滿族

正紅旗人，中國現代著名小說家、文學家、戲劇家，傑出的語言大師、人民藝術家，新中國第一位獲得「人民藝術家」稱號的作家。老舍的作品很多，代表作有《駱駝祥子》、《趙子日》、《老張的哲學》、《四世同堂》等。

## 猜猜字謎

人言可畏他人舌（猜一字）（謎底見最後一頁）

## 知識小站

陰曆，在農業氣象學中，陰曆俗稱農曆、殷曆、古曆、舊曆，是指中國傳統上使用的夏曆。陰曆在天文學中主要指按月亮的月相周期來安排的曆法。以月球繞行地球一周（以太陽為參照物，實際月球運行超過一周）為一個月，即以朔望月作為確定曆月的基礎，一年為十二個曆月的一種曆法。

## 蓋叫天

## 讓自己的演藝「蓋過叫天」

著名京劇演員蓋叫天，原名張英傑，十歲時即隨戲劇班子登臺演戲，當時他的藝名叫「金豆子」。但是他覺得自己的這個藝名很一般，叫著不響亮。所以，他想再改一個。

有一天他跟幾個同伴商量怎麼樣改個藝名，他把自己的想法和同伴們說了，同伴們就幫助他選名。起初大家給他改為「小菊仙」，他有些不滿意，覺得不夠響亮。說著說著，他想到了有個譚鑫培的演員藝名叫小叫天，既響亮又特別，他就想給自己改名叫「小小叫天」，他覺得自己雖然本事不如人家，可借他的名沾點光，也能讓自己出點名。

可是在座的有一個人嘲笑他，說他那點演藝能力不配叫這個名兒！年少氣盛的張英傑有些急了，拍著胸脯和那個人叫板：我怎麼就不能叫這個名字！我豁出命來學好本事，說不定將來還「蓋」過他呢！我今天就叫「蓋叫天」了，你看我行不行。

改了名後，蓋叫天發誓要學好本事，讓人刮目相看，於是練功、學戲、演戲更加勤奮了。終於成為著名的京劇演員、一代京劇名大師。

## ◎ 走近名人

蓋叫天（1888-1971），原名張英傑，號燕南，河北高陽人。幼時家境貧寒，八歲時就被送進天津隆慶和演藝班學藝，初學老生、老旦，後改武生。擅長短打武生，曾經獲得「第一勇猛武生」的稱譽。代表劇目有《武松》、《打虎》、《獅子樓》、《十字坡》、《快活林》等。

## ◎ 猜猜字謎

追根尋底（猜一字）（謎底見最後一頁）

## ◎ 知識小站

藝名：過去的藝人為從藝而在名字之外起的別名。藝名源於俗號，正是為了迎合觀眾的口味。對於街頭藝人來說，能得到俗號，並被觀眾傳說，就說明這個藝人在觀眾中有了一定的影響。同時，用這樣的俗號作為藝名，可以進一步擴大影響。藝名共同的特點是俗。這種俗顯示出街頭藝人獨具的特色。比如，清末天津張萬全以塑泥人著稱，便以「泥人張」為藝名，並世代相傳。藝名也有自定的，比如，京劇演員梅蘭芳，原名梅瀾。取藝名梅蘭芳，表示自己是旦角演員，即「蘭芳」習慣上是女人用的名字。

# 張大千 大千世界一畫家

　　張大千原名張正權。張正權出生於一個書香門第，良好的家庭文化氛圍對他起到很好的啟蒙作用，同時也為他打下了堅實的國學基礎。

　　六歲的時候，張正權就跟著姐姐、哥哥讀書識字。九歲時在母親和姐姐的教導下，開始學習繪畫、書法，十幾歲時就小有名氣。十九歲時，去日本留學。二十歲時，因為不滿意自己的婚姻，張正權到松江禪定寺削髮出家，當了一百多天和尚。逸琳法師取《長阿舍經》所說「三千大千世界」，為他取法號「大千」。張正權從法師為自己取的法號中悟出，紛紜複雜的大千世界，可包含在一個人精誠專一、鍥而不捨的堅持，從此便以張大千為名字，別號「大千居士」。還俗後，張正權即以其佛門法名「大千」為號，從此全身心致力於書畫創作，成為大千世界的大畫家，一代繪畫大師。

## ◑ 走近名人

　　張大千（1899-1983），原名正權，後改名爰，字季爰，號大千，別號大千居士、下里巴人，齋名大風堂。四川內江人，張大千是二十世紀中國畫壇最具傳奇色彩的國畫大師，無論是繪畫、書法、篆刻、詩詞都十分精通。早期專心研習古人書畫，特別在山水畫

方面卓有成就。

## ◗ 猜猜字謎

白首一山中（猜一字）（謎底見最後一頁）

## ◗ 知識小站

什麼是法號？法號也叫法名，是佛教術語，指皈依佛教者（出家為僧尼的人）所特取的名字。即出家人在剃度儀式舉行過後，或出家人在皈依三寶、受戒時，由師父授予的名號。比如，魯達出家後，師父為其取法名智深，從此他就叫魯智深了。也有的人生前未皈依、受戒出家，死後出家，在葬儀時，由師父授予名號。

# 聶耳
## 四隻耳朵連一串

聶耳原名聶守信，他幼年時就對音樂很敏感，聽到別人唱的歌曲很快就能唱出來。讀小學時就利用課餘時間自學了笛子、二胡、三弦和月琴等樂器，並開始擔任學校「兒童樂隊」的指揮。同學們因他耳朵好使，而他的姓又是三個「耳」字組成（繁體字的「聶」寫作「聶」），便叫他「耳朵」。

參加工作後，一次在單位的聯歡會上，聶守信表演音樂節目，大家拍手稱好，總經理送給他禮物，並把他稱為「聶耳博士」。受此啟發，聶守信把自己的名字改為聶耳，希望把四隻耳朵連成一串，一心一意聽音樂，全心全意搞好音樂創作。

二十世紀三〇年代中期，日寇侵佔中國東北後又把鐵蹄伸向華北，在此國難當頭，國內的反動腐朽勢力卻仍沉溺於紙醉金迷中。社會上充斥著「桃花江」、「毛毛雨」、「妹妹我愛你」一類萎靡喪志的豔曲。共產黨員、作家田漢找到聶耳，認為如此「唱靡靡之音，長此下去，人們會成為亡國奴」。二人就此議定，要創作一首歌來鼓舞國人的士氣。兩個人一起研究了《國際歌》、《馬賽曲》和《船夫曲》等氣勢宏大的歌曲作為借鑒。很快，田漢改編了電影《風雲兒女》，並寫了一首主題歌——《義勇軍進行曲》。由於發現國民黨特務已來追捕，他倉促間在一張小小

的香煙包裝紙上寫下歌詞，就被抓進監獄。

後來，這首歌詞轉到了聶耳手裏，聶耳根據同田漢一起提出的構想，帶著滿腔激憤，只用兩天時間便為這首歌詞譜寫了曲子的初稿，隨即因躲避反動派的追捕到了日本。在那裏，他看到日本軍國主義分子磨刀霍霍，大肆鼓噪侵略中國，聶耳由此更激發了創作靈感，他對曲子的初稿進行改寫，把歌曲的旋律改得更加高昂雄壯。《義勇軍進行曲》就這這樣誕生了。

## ◯ 走近名人

聶耳（1912-1935），原名聶守信，字子義（亦作紫藝），雲南玉溪人，中國音樂家。聶耳從小家境貧寒，對勞苦大眾有深厚的感情，他在有限的生命中創作了數十首革命歌曲，如《大路歌》、《碼頭工人》、《新女性》、《畢業歌》等大多反映當時勞動人民的生活，塑造了工人、歌女、報童等勞動群眾的音樂形象。在抗日救亡運動中，聶耳的這些歌曲，產生了廣泛深遠的影響。聶耳是中華人民共和國國歌《義勇軍進行曲》的作曲者。一九三五年七月十七日，年僅二十三歲的聶耳在日本游泳時不幸溺水身亡。

## ◯ 猜猜字謎

一官半職（猜一字）（謎底見最後一頁）

## ◯ 知識小站

國歌，是代表一個國家民族精神的歌曲，是能代表該國家政府和人民

意志的歌曲，一般來說它們都帶有愛國主義色彩。國歌代表一個國家、一個民族精神鬥志、戰鬥歷程或宏偉目標，代表人民的心聲，也可以是一個國家或民族歷史的縮影。一般用於是國家間的訪問、政府的大型會議或一切組織的開幕式或閉幕式。

# 朱自清

## 一生「自清」正直人

朱自清出生在一個清朝的小官吏家庭，原名自華。幼年在私塾讀書，深受中國傳統文化的影響。他自小養成了正直、高尚、誠實，行得直、走得端，襟懷坦蕩、光明磊落的性格，成人後一直恪守著清清白白的做人之道。

一九一七年，在北京大學學習的朱自清自感家庭經濟情況不好，自己又性情遲緩，為了激勵自己將來不隨流俗而合污，清清白白做人，痛痛快快做事，於是改名自清，字佩弦。「自清」兩字出自《楚辭・卜居》：「寧廉潔正直以自清乎？」意思是一定要廉潔正直使自己保持清白。「佩弦」，出自《韓非子》中「董安于之性緩，故佩弦以自急」，意思是佩戴緊繃的以自戒。

後來，朱自清出國留學歸來，到清華大學任教，他常用自己的名字激勵自己。抗日戰爭爆發後，他不顧生活清貧，以認真嚴謹的態度從事教學、文學研究和抗戰宣傳工作。

抗戰勝利後，國民黨政府發動內戰、鎮壓民主運動的倒行逆施受到了愛國人士的反對。特別是一九四六年七月李公樸、聞一多兩位著名民主人士的先後遇害，使朱自清非常震驚和悲憤。他不顧個人安危，多

次上臺報告聞一多的生平事蹟。在黑暗的現實和愛國民主運動的推動下，朱自清成為堅定的革命民主主義戰士。在反飢餓、反內戰的鬥爭中，他身患重病，卻仍囑告家人寧肯挨餓也不領美國的「救濟糧」，始終保持著一個正直的愛國知識分子的高尚氣節和可貴情操。一九四八年八月二十四日，朱自清逝於嚴重的胃病，可是他卻表現出我們民族的英雄氣概。

### ◑ 走近名人

朱自清（1898-1948），原名自華，號秋實，後改名自清，字佩弦。原籍浙江紹興，生於江蘇東海；因祖父、父親長期定居揚州，故自稱「揚州人」。現代著名散文家、詩人、學者、民主戰士。其散文樸素縝密，清雋沉鬱、語言洗煉，文筆清麗，極富有真情實感，朱自清以獨特的美文藝術風格，為中國現代散文增添了瑰麗的色彩，主要作品有《雪朝》、《蹤跡》、《背影》、《春》、《歐遊雜記》等。

### ◑ 猜猜字謎

雨後天晴分外明（猜一字）（謎底見最後一頁）

### ◑ 知識小站

李公樸、聞一多慘案：抗日戰爭勝利後，國民黨政權不顧全國人民的反對，挑起內戰。全國各界都強烈要求停止內戰，爭取和平民主，卻遭到了統治當局的血腥鎮壓。一九四六年七月十一日晚，著名的愛國民主人士李公樸遭到國民黨特務暗殺。七月十五日，愛國民主人士聞一多在主持了李公樸的追悼會後回家途中，也被國民黨特務暗殺。

# （十）借字詞勵志篇

## 人物譜

**魯　迅**・發表中國現代文學史上第一篇白話小說〈狂人日記〉，奠定了新文學運
動的基石。是「五四」新文化運動的主將。他以筆為武器，戰鬥了一
生，被譽為「民族魂」。

**林則徐**・清朝後期政治家、思想家和詩人，是中華民族抵禦外辱過程中偉大的
民族英雄，因查禁鴉片、抵抗西方的侵略、堅持維護國家主權和民族
利益深受世界人民的敬仰。被稱為中國「開眼看世界的第一個人」。

**岳　飛**・中國歷史上著名的戰略家、軍事家、民族英雄、抗金名將，其精忠報
國的精神深受各族人民的敬佩。

# 李默然

## 「效率」讀「效帥」，知恥而後勇

　　著名表演藝術家李默然文化程度不高，只有小學三年級學歷。剛剛參加工作時，有一次，單位組織讀報，年輕的李默然將「效率」讀成「效帥」，引來了戰友們的一片哄堂大笑，也給年輕的李默然帶來不小的打擊，他覺得自己文化水準低，讀錯字是一種恥辱。

　　然而，這次打擊並沒有使李默然的意志消沉下去，他把這件事變成了自己學習的動力，他暗暗下定決心：除了工作、吃飯、睡覺，其餘時間都要用來學習文化知識。後來，同事們都知道了，業餘時間要想找李默然不要到別的地方去，到圖書館就行了。

　　李默然給自己定了個「博覽群書」的目標。為此，他堅持讀書許多年，也正是那一時期他讀了許多書，豐富了自己的知識，提高了自己的演藝水準，才使他成為了著名的演員。

### ◑ 走近名人

　　李默然，原名李紹誠，一九二七年生於黑龍江省尚志縣。中國話劇表演藝術家、國家一級演員。李默然幼時家貧，做過小販、小工、雜役、郵差等。十八歲時進入業餘劇團，開始演藝生涯。由於刻苦學習和鑽研演藝技能，一九六二年在影片《甲午風雲》中成

功地創造了愛國將領「鄧世昌」的形象，贏得廣泛聲譽。

## 猜猜字謎

草上飛（猜一字）（謎底見最後一頁）

## 知識小站

多音字：漢字和別的文字不同，一個漢字往往有兩個或兩個以上的讀音，這樣的漢字就叫多音字。不同的讀音表示的意義不同，用法不同，詞性也往往不同。比如「率」字，就是多音字，它有兩個讀音：shuài 和 l 。讀「shuài」時，有帶領、輕易地、爽直坦白、大概的意思；讀「l 」時，有比值、兩數之比之意，如效率、稅率、概率等。

## 魯迅

### 刻個「早」字激勵自己要勤奮

　　魯迅十幾歲時，為了給長期患病的父親治病，他經常往返於當鋪與藥店間，由於家境愈發艱難，他需要先到當鋪賣掉家裏值錢的東西，然後再去藥店給父親買藥。

　　一天清早，魯迅像往常一樣又早起去了當鋪，然後又去藥店為父親抓完藥，才趕往三味書屋。但是，當他到學堂的時候，老師已經開始上課了。老師看到來遲了的魯迅，生氣地說：「十幾歲的學生，還睡懶覺，上課遲到。下次再遲到就別來了。」聽到老師的訓斥，魯迅沒有吭聲，更沒有為自己作任何辯解，他低著頭默默地回到自己的座位。第二天，他早早地就來到了學校，用小刀在書桌右上角上刻了一個「早」字，以此督促自己以後上學一定要早起，不能再遲到。後來，他的父親病情更重了，魯迅肩上的負擔也變得越發沉重，他要更頻繁地去當鋪當東西，去藥店買藥，還要做家裏繁雜的家務。為了做到上課不遲到，他每天需要天不亮就起床，將家裏的事情料理好，再到當鋪和藥店，然後匆忙地往私塾跑。雖然每天要做很多事情，但是他卻再也不曾遲到過。對於一個孩子來說那些日子是艱苦難熬的，但是每當他氣喘吁吁地跑進學堂，準時地坐在自己的座位上，看到課桌上那個醒目的「早」字時，內心就會升起一股很強

的力量：「我又一次戰勝了困難，又一次實現了自己的諾言。我一定加倍努力，做一個信守諾言的人。」那個刻著「早」字的課桌，一直激勵著魯迅在人生路上的繼續前進。

## ◯ 走近名人

一九一一年武昌起義爆發後，為杭州光復立下功勞的王金發帶領義軍來到魯迅的家鄉紹興，並自任紹興軍分府都督，還任命魯迅為紹興師範學堂校長。但是魯迅很快發現，光復後的紹興情況依舊。王金發剛進紹興，還穿布衣，不到十天就換上了皮袍。青年學生們看不過去，找到魯迅要求辦份報紙監督新政府，魯迅覺得這或許可以起到作用。於是創辦了《越鐸日報》，發表了一系列文章，揭露秋瑾案的告密者和抨擊紹興軍政分府的代理人。王金發看了之後，非常惱火，揚言要殺魯迅。魯迅卻不在意，不但白天正常工作，夜間還特意提著一個有「周」字的燈籠去學校安排工作，表現出了硬骨頭的精神。

## ◯ 猜猜字謎

草上飛（猜一字）（謎底見最後一頁）

## ◯ 知識小站

三味書屋，是晚清紹興府城內著名私塾，位於都昌坊口十一號。三味書屋本是魯迅的老師壽鏡吾老先生家的書房。壽鏡吾是一個學問淵博的人，他品行端正，性格耿直，教書認真，一生厭惡功名，自考中秀才後便不再應試，把自己的書房變成私塾，終身以坐館授學為業。魯迅十二歲至十七歲時在此求學。

# 林則徐

## 「制怒」只為做好官

清末政治家林則徐四歲時讀書習字、七歲就能寫出好文章，十九歲中舉人，二十七歲中進士，在家鄉素有「神童」、「才子」之美譽。但林則徐有一個弱點就是脾氣暴躁，為了使他控制自己的性情，少發脾氣，他的父親為他寫下「制怒」兩個字，懸於林則徐書房之上。林則徐出外做官，每到一處總是把「制怒」這兩個字懸掛在他辦公的地方。

後來，林則徐總結為官與「制怒」的關係：為官既要處理日常行政事務，又要坐堂審理案件，百事民情，錯綜複雜，費時費神，難免生煩，煩久必怒，怒即易錯，錯即誤民誤國家，所以要「制怒」；坐堂審案，與案件有關的各說各的理，各不相讓，審案的官員聽了也易生怒；發怒即易出錯，出錯即有冤案，為不發生冤案，也要「制怒」。「制怒」就是克服情緒急躁，防止大腦發昏。「制怒」才能保持清醒的狀態，冷靜的思考；才能做出正確的判斷。自己「制怒」的宗旨是要做一個為國為民的「好官」。

### ◑ 走近名人

林則徐（1785-1850），福建侯官人（今福建省福州），字元撫，又字少穆、石麟，晚號俟村老人、俟村退叟等。是清朝後期政治家、思想家和詩人，是中

華民族抵禦外辱過程中偉大的民族英雄，其主要功績是虎門銷煙。因受命為欽差大臣在廣州杳禁鴉片、抵抗西方的侵略、堅持維護中國主權和民族利益深受全世界中國人的敬仰。林則徐還主張向西方學習，被稱為中國「開眼看世界的第一個人」。

## 猜猜字謎

白頭兩廝守，別後共沾巾（猜一字）（謎底見最後一頁）

## 知識小站

林則徐的自勉聯：林則徐一生在多處為官，每到一處，他都書寫自勉楹聯。任兩廣總督的林則徐書寫「海納百川，有容乃大；壁立千仞，無欲則剛」，作為告誡與砥礪自己的自勉楹聯。任江蘇廉訪使時榜書大堂對聯：「求通民情，願聞己過。」號召百姓揭發貪官污吏，鼓勵人們向他提意見。林則徐受奸臣誣陷，被遣戍新疆途中寫下的：「苟利國家生死以，敢因禍福避趨之」用以激勵自己為國家效命。

## 岳飛
### 背刺「精忠報國」表報國之志

　　岳飛十五、六歲時，北方的金人南侵，宋朝當權者腐敗無能，軍隊節節敗退，大好河山都被金人佔領。在國家處於危亡之際，岳飛和母親提出，要參軍，要到前線殺敵，精忠報國！

　　岳飛的母親更是深明大義之人，更懂得沒有國就沒有家的道理，所以，也十分支持兒子的想法，「精忠報國」也正是母親對兒子的希望。於是，她決定把這四個字刺在岳飛的背上，讓他永遠銘記在心。

　　從此，「精忠報國」四個字永遠留在了岳飛的後背上，表達了岳飛志在報國的堅強決心。母親的鼓舞激勵著岳飛，投軍後，很快因作戰勇敢升為秉義郎（低級別的軍官）。這時宋朝都城開封被金軍圍困，岳飛隨副元帥宗澤前去救援，多次打敗金軍，受到宗澤的賞識，稱讚他「智勇才藝，古良將不能過」。

　　後來，岳飛成為著名的抗金英雄，多次打敗金軍的入侵。他率領的「岳家軍」所向無敵，連金人都說「撼山易，撼岳家軍難」，但因為朝廷不思進取，一味地投降，幾個奸臣設計害死了岳飛。

### ◑ 走近名人

　　岳飛（1103-1142）字鵬舉，北宋相州湯陰縣人。

中國歷史上著名戰略家、軍事家、民族英雄、抗金名將。岳飛作為中國歷史上的一員名將，其精忠報國的精神深受中國各族人民的敬佩。他在出師北伐、壯志未酬的悲憤心情下寫的千古絕唱〈滿江紅〉，至今仍是令人士氣振奮的佳作。三十九歲時，岳飛被奸臣秦檜以「莫須有」的罪名毒死於臨安風波亭。

## ◐ 猜猜字謎

山上復又山（猜一字）（謎底見最後一頁）

## ◐ 知識小站

「莫須有」是什麼意思：秦檜害死岳飛以後，老將韓世忠質問秦檜是什麼罪名害了岳飛？秦檜回答說是「莫須有」。那麼「莫須有」是什麼意思呢？據考證，「莫須有」有：「或許有」、「必須有」、「不須有」、「等等看，會有的」，或者「等著瞧，會有的」等幾個意思。

## 向警予 時時警示自己

　　向警予原名叫向峻賢，自幼聰明好學，儘管是女孩子，但卻有著男孩子的胸懷。一九〇三年，向峻賢的大哥從國外留學回來後在淑蒲縣城開辦了一所小學，向峻賢積極要求去學習，大哥同意了她的請求。就這樣，她在縣城開女子入校讀書的先例。通過幾年的學習，向峻賢以「成績最好的學生」考入長沙市周南女校。

　　一次，周南女校舉行田徑運動會，向峻賢在四百米決賽終點負責拉彩帶，迎接優勝者的衝刺。開始一個高個子女學生跑在最前面，向峻賢認為她準能得第一名，沒料到剎那間另一條跑道上的一個矮個子女學生奮力趕上並超過了她，突破彩帶，奪得了第一名，可是這位矮個子女學生卻累得暈倒了。

　　比賽結束，同學們聚在一起，議論著四百米決賽奪取冠軍的事，向峻賢說：「那位同學不顧一切向前沖，儘管累得暈倒了，但這樣的拼搏精神多麼可貴呀。我們的國家，外有列強欺凌，內有軍閥割據，腐敗黑暗，我們只有都用這個女同學這種拼命精神來拯救我們的國家和民族，我們的國家和民族才有希望啊！」接著，她又高聲向同學們宣佈：「從今天起，我改名叫『警予』（『予』是我的意思），我要時時刻刻敲響警鐘，時刻提醒自己，不要忘記以這種拼命精

神去學習、去報效和拯救國家！」

　　一九一六年夏，向警予懷著「教育救國」的抱負回到家鄉。她四處奔波，克服重重困難，在縣城創辦了男女合校的漵浦小學堂，並擔任校長，傳授新知識，提倡新風尚，宣傳新思想。

　　後來，向警予加入了中國共產黨，為了人民的解放事業，她以這種拼命精神英勇地奮鬥了一生。一九二八年三月二十日因叛徒出賣被捕，敵人對她進行嚴刑拷打，她始終堅貞不屈，一九二八年五月一日她被反動派殘酷殺害時，年僅三十三歲。

### ◑ 走近名人

　　向警予（1895-1928），湖南省漵浦縣人，是中國共產黨最早的女黨員之一，也是中國共產黨早期著名的婦女運動領導人之一，被譽為「我國婦女運動的先驅」。

### ◑ 猜猜字謎

　　一月一日非今天（猜一字）（謎底見最後一頁）

### ◑ 知識小站

　　什麼是軍閥？軍閥是舊時擁有武裝部隊、割據一方、自成派系的軍人或軍人集團。他們往往以武力為後盾，稱霸一方，以保有並擴張自己的權位和地盤，忽視國家的秩序法律。著名的漢末群雄就是軍閥，二十世紀初的北洋軍閥、直系軍閥、皖系軍閥等都是有名的軍閥。

# 李四光
## 一生努力，光照四方

　　李四光原名李仲揆，一八八九年出生於湖北省黃岡縣一個貧寒人家。他自幼就讀於其父李卓侯執教的私塾，父親對他要求很嚴格，李仲揆也很聰明，但他對父親教授的那些「四書五經」實在不感興趣。一九〇二年，十四歲的李仲揆聽說省城武漢有一所官費的高等小學堂，那裏不學「四書五經」，教授國文、算學等。於是，他說服父母，決心到省城去讀書，接受新式教育。父母見兒子態度堅決，也就同意了，為他籌備了一點學費後，就送李仲揆到了省城。在填寫報名表時，不知是由於太興奮，還是太緊張，李仲揆在姓名欄端端正正地寫下「十四」二字，再看下一欄，壞了，自己誤將「姓名欄」當成「年齡欄」了。這可怎麼辦？第一次離家出門就遇到了這樣的難題，他急得鼻子尖都滲出了汗珠。再去買一張報名表吧，李仲揆有點捨不得手裏那點錢。忽然，他靈機一動，將「十」改成「李」，但不能叫「李四」啊，那怎麼辦呢？他抬頭看了看，一縷陽光照在桌子上，有了！就取「光」字。於是，他在四字的後面又加了個「光」字，從此就改名為「李四光」了。

　　「李四光」！改完後，李仲揆端詳著自己的新名字，心裏充滿了勝利者的喜悅：「好！四面光明，光照四方，自己一定要多努力，前途一定會一片光

明！」李四光一直努力學習，他以第一名的成績考取了高等小學堂。一九〇四年，十六歲的李四光因學習成績優異被選派到日本留學。他在日本接受了孫中山的革命思想，成為孫中山領導的同盟會中年齡最小的會員。孫中山讚賞李四光的志向：「你年紀這樣小就要革命，很好，有志氣。」還送給他八個字：「努力向學，蔚為國用。」

　　一九四九年，新中國剛剛成立不久，已經在國外很有名氣的李四光回到祖國，從此投身祖國的地質事業。他創立了地質力學，為中國摘掉了「中國貧油」的帽子。他那富有戰鬥性和科學精神的一生，也正如他的名字一樣，光照四方！

## ◯ 走近名人

　　李四光（1889-1971），湖北省黃岡縣人。世界著名的科學家、地質學家和古生物學家、中國現代地球科學和地質工作的奠基人之一。李四光一生都奮戰在科學研究和國家建設的第一線，為中國的地質、石油勘探和建設事業做出了巨大貢獻。

## ◯ 猜猜字謎

　　大人不在小兒在（猜一字）（謎底見最後一頁）

## ◯ 知識小站

　　「中國貧油」論：二十世紀初，國外的著名石油公司派地質學家到中國各地進行地質勘查，但未獲得有價值的石油資源。這些地質學家回國

後，紛紛在報紙雜誌上寫文章，散佈「中國貧油」的觀點，說中國的地下沒有石油。一些中國學者，也步外國人後塵，宣揚「中國貧油」論。可是，從二十世紀五〇至六〇年代，中國的勘探部門在李四光的主持下相繼找到了大慶油田、大港油田、勝利油田、華北油田等大油田，摘掉了「中國貧油」的帽子。

# 錢三強
## 強己強國強天下

　　錢三強原名錢秉穹，少年時代，即隨已是著名作家的父親錢玄同在北京生活。一九一九年，北京爆發了五四運動。六歲的錢秉穹和哥哥擠到胡同口看那些學生們舉著旗子上街遊行，喊口號，也目睹了軍警們抓人打人，還看見了地上的血跡⋯⋯他同情那些大哥哥大姐姐們，恨那些打人的軍警們，從此他幼小的心靈中播下了要為正義而抗爭的種子

　　上學後的錢秉穹是一個興趣廣泛、性格剛毅的學生。體育、音樂、美術⋯⋯他對一切都很感興趣。他努力學習，學習成績很好，特別是體育成績特別棒。一九二八年冬天，北京市舉辦了首屆全市乒乓球比賽，錢秉穹一路過關斬將，殺入決賽，取得很好的成績。

　　錢秉穹的外公一家也都是很有文化修養的人，他們都很喜歡錢秉穹，舅公還特意畫一幅鷹圖送給他，並寫了一行贈言：「鷹者，有三強：一曰，目光敏銳；二曰，翅膀矯健；三曰，爪子鋒利。」舅公希望錢秉穹像雄鷹那樣「三強」，像雄鷹那樣展翅翱翔。

　　錢秉穹非常喜歡這幅鷹圖，他把這幅圖一直掛在自己房間裏。有同學到他家作客，他就向同學們介紹這幅畫和畫上贈言的意思。同學們說，錢秉穹的身體

就像雄鷹一樣棒；學習努力，成績優秀；待人誠懇，品格高尚。這三樣都強，便送他一個綽號「三強」。在學校裏，大家都用「三強」來稱呼他。

父親錢玄同先生知道了這件事後，對錢秉穹說：「我看『三強』這個名字不錯，可以解釋為立志爭取德育、智育、體育都進步，你就改叫這個名字吧。」「三強」，是父輩的願望，也是錢三強的理想和追求。錢三強努力奮鬥，「錢三強」這個名字更是天下聞名。

## ◑ 走近名人

錢三強（1913-1992），紹興人，原名錢秉穹，傑出的科學、核物理學家，中國科學院院士。曾任浙江大學校長。他是中國發展核武器的組織協調者和總設計師，中國「兩彈一星」元勳。中國原子能事業的主要奠基人，被譽為「中國原子能科學之父」、「中國兩彈之父」。與錢學森、錢偉長被周總理合稱為「三錢」。

## ◑ 猜猜字謎

趙後雖可愛，君迷必有害（猜一字）（謎底見最後一頁）

## ◑ 知識小站

錢三強的父親錢玄同：語文改革活動家、文字音韻學家，中國「五四」新文化運動的宣導者之一，著名思想家、國學大師。他積極宣導文學革命，成為「五四」新文化運動的揭幕人之一。一九一八年至一九一九年曾任《新青年》雜誌的編輯。並動員魯迅給《新青年》寫文章。《狂人日記》就是錢玄同動員下，魯迅寫的非常名的作品。

張恨水
不要讓光陰像流水一樣白白地流逝

　　小說家張恨水原名張心遠。為什麼要用「恨水」這樣一個筆名呢？這個名字是有深刻的含意的。

　　張恨水很小就酷愛學習，特別喜歡詩詞，當他讀了古代詞人李煜的〈相見歡〉：「林花謝了春紅，太匆匆。無奈朝來寒雨晚來風。胭脂淚，留人醉，幾時重？自是人生長恨水長東！」這首詞之後，從中悟到了光陰的可貴，於是就截取了「恨水」兩字，作為他十七歲時第一次投稿的筆名，在內心中承諾，自己一定要珍惜時間。用「恨水」這兩個字隨時告誡自己，不要讓光陰像流水一樣白白地流逝。

　　張恨水用行動實踐了自己珍惜時間的諾言，他一生把所有的時間都用在學習和創作上，寫了一百多部小說。

◑ 走近名人

　　張恨水（1895-1967），原名張心遠，安徽潛山人。童年時的張恨水就讀於舊式書館，並沉溺於《西遊記》、《東周列國志》一類古典小說中，尤其喜愛《紅樓夢》的寫作手法，醉心於風花雪月式的詩詞典章及才子佳人式的小說情節。青年時期的張恨水成為一名報紙編輯，二十二歲時開始發表作品，其後一發不可收拾。《春明外史》、《金粉世家》、《啼笑因緣》

等都是他的著名作品。張恨水是著名章回小說家，被尊稱為現代文學史上的「章回小說大家」和「通俗文學大師」第一人。

## ◑ 猜猜字謎

心無一點良（猜一字）（謎底見最後一頁）

## ◑ 知識小站

什麼是章回小說：章回小說是我國古典長篇小說的一種，是分章回敘事的白話小說。其特點是分回標目，段落整齊，首尾完整。章回小說一般用工整的偶句（也有用單句的）作回目，概括這一段落的基本內容。章回小說中經常出現的「話說」、「看官」、「且聽下回分解」等字樣，《三國演義》便是典型的章回小說。明清至近代，中國的中長篇小說普遍採用章回體的形式，現當代的一些通俗小說也有沿用此種形式的。

# 鄒韜奮

## 用「韜奮」以自勉

　　著名新聞工作者、出版家鄒韜奮原名鄒恩潤。鄒韜奮生於一個日趨破落的官僚地主家庭。祖父做過清朝的知縣。祖父和父親都希望鄒韜奮好好讀書，將來光宗耀祖。所以給他起了個幼名叫萌書，讓他早早地讀書。也因此，剛滿六歲，鄒韜奮便由父親「發蒙」，父親先教他背「三字經」。

　　在父親嚴厲的管教下，鄒韜奮學習了很多國學知識，培養了他堅實的文學基礎。父親希望他長大後能做一個工程師，但鄒韜奮對數學、物理一類的科目不感興趣，最後還是選擇學習文科。成年後，鄒韜奮成為一個新聞工作者。

　　一九二六年，鄒韜奮在上海主編《生活》周刊，他覺得自己的鄒恩潤這個名字不能很好地表達自己的人生志向，於是為自己起了個「韜奮」這個筆名。至於「韜奮」兩字的含義，按他自己的解釋，「韜」就是「韜光養晦」，「奮」則是「奮鬥不懈」，含有自勉的意思。

　　鄒韜奮把自己的名字改成「韜奮」，他也確確實實在不懈地實踐自己的人生志向。在抗日戰爭前期，國民黨對日本一味地妥協退讓，鄒韜奮利用所辦的刊物和書店，不避個人安危，積極聯絡愛國人士，力主

抗日，呼籲全國同胞團結起來，共同抗擊日本侵略。抗戰爆發後，他一直高舉著抗日的大旗，儘管他辦的刊物和書店一個個被迫封閉，但他依然百折不撓，始終堅守著他的信念。在他的一生中，他一直在為真理而戰鬥不屈。

## ◑ 走近名人

鄒韜奮（1895-1944），原名鄒恩潤，乳名蔭書，曾用名李晉卿。江西省余江縣人。少年時便有才學，成年後投身民主革命事業，成為中國卓越的新聞記者、政論家、出版家。二〇〇九年九月十四日，他被評為一百位為新中國成立作出突出貢獻的英雄模範之一。

## ◑ 猜猜字謎

奪去一半留一半（猜一字）（謎底見最後一頁）

## ◑ 知識小站

什麼是韜奮精神？出版界的人說，韜奮提倡和身體力行的主旨是「竭誠為讀者服務」，這種報務精神便是韜奮精神。新聞界人士認為，韜奮的文章不畏權勢，力主言論自由的精神是韜奮精神。政論家認為，韜奮始終高舉抗日的大旗，他的愛國思想就是韜奮精神。這些說法都是對的，鄒韜奮儘管從事的事業遭受過無數次的挫折，但他依然百折不撓，始終堅守他的信念，這種為了崇高的理想而奮鬥不息，為了真理而戰鬥不屈的精神，

才是我們要永遠學習和記取的韜奮精神。

## ◯ 「猜猜字謎」謎底

一、 1.師　2.幹　3.胡　4.一　5.聞　6.克　7.回　8.是　9.茸　10.德
　　 11.赴　12.小

二、 1.金　2.間　3.湘　4.鳥　5.奔　6.軍　7.入

三、 1.推　2.照　3.喜　4.國　5.她　6.牛　7.膽　8.威　9.相　10.眼
　　 11.四　12.魯　13.餒　14.秦

四、 1.必　2.曹　3.文　4.迷　5.白　6.妙　7.晶　8.屍　9.招　10.強

五、 1.馬　2.維　3.清　4.風　5.龍　6.罪　7.張　8.繞　9.夕　10.勸

六、 1.坡　2.林　3.遠　4.陳　5.迅　6.任　7.冰　8.濟　9.庸　10.古
　　 11.山　12.居　13.白

七、 1.松　2.錢　3.毛　4.驢　5.萬　6.夫　7.王　8.勤　9.直

八、 1.把　2.唯　3.三　4.魚　5.貽

九、 1.仕　2.矛　3.君　4.良　5.昭　6.羽　7.行　8.哀　9.舍　10.過
　　 11.千　12.耳　13.蔣

十、 1.帥　2.早　3.制　4.嶽　5.劍　6.向　7.毅　8.恨　9.奮

昌明文庫·閱讀文化　A0605002

# 名人與漢字故事

| | | |
|---|---|---|
| 主　　編 | 趙雪峰 | |
| 責任編輯 | 蔡雅如 | |

| | |
|---|---|
| 發 行 人 | 陳滿銘 |
| 總 經 理 | 梁錦興 |
| 總 編 輯 | 陳滿銘 |
| 副總編輯 | 張晏瑞 |
| 編 輯 所 | 萬卷樓圖書股份有限公司 |
| 排　　版 | 菩薩蠻數位文化有限公司 |
| 印　　刷 | 百通科技股份有限公司 |
| 封面設計 | 菩薩蠻數位文化有限公司 |

出　　版　昌明文化有限公司

桃園市龜山區中原街 32 號

電話　(02)23216565

發　　行　萬卷樓圖書股份有限公司

臺北市羅斯福路二段 41 號 6 樓之 3

電話　(02)23216565

傳真　(02)23218698

電郵　SERVICE@WANJUAN.COM.TW

大陸經銷

廈門外圖臺灣書店有限公司

　　電郵　JKB188@188.COM

**ISBN 978-986-94911-5-0**

2018 年 1 月初版二刷

2017 年 5 月初版

定價：新臺幣 320 元

如何購買本書：

1. 劃撥購書，請透過以下郵政劃撥帳號：

　　帳號：15624015

　　戶名：萬卷樓圖書股份有限公司

2. 轉帳購書，請透過以下帳戶

　　合作金庫銀行　古亭分行

　　戶名：萬卷樓圖書股份有限公司

　　帳號：0877717092596

3. 網路購書，請透過萬卷樓網站

　　網址　WWW.WANJUAN.COM.TW

大量購書，請直接聯繫我們，將有專人為您

服務。客服：(02)23216565　分機 10

如有缺頁、破損或裝訂錯誤，請寄回更換

**版權所有·翻印必究**

Copyright©2018 by WanJuanLou Books CO., Ltd.

All Right Reserved　　　　**Printed in Taiwan**

國家圖書館出版品預行編目資料

名人與漢字故事 / 趙雪峰主編.-- 初版.-- 桃
園市：昌明文化出版；臺北市：萬卷樓發
行, 2017.05　面；　　公分.-- (昌明文庫. 閱讀
文化；A0605002)

ISBN 978-986-94911-5-0(平裝)

859.6　　　　　　　　　　　　　　106008392

本著作物經廈門墨客知識產權代理有限公司代理，由中國紡織出版社授權萬卷樓圖書
股份有限公司出版、發行中文繁體字版版權。